heartbeat

Elizabeth Winfrey

Mehr als nur ein Freund?

heartbeat
Die Serie über die erste Liebe

Weitere Titel der Serie im Taschenbuchprogramm bei RAVENSBURGER

RTB 58046
Janet Quin-Harkin
Was ist schon New York City?

RTB 58048
Katherine Applegate
Geteilte Liebe

RTB 58049
Callie West
Chris + Amy = ?

RTB 58051
Katherine Applegate
Sei cool, Christopher!

RTB 58070
Janet Quin-Harkin
Verliebt in einen Traumtyp

RTB 58071
Stephanie Doyon
Liebesbrief per E-Mail

RTB 58089
Diane Namm
Liebe in Gefahr

RTB 58090
Cheryl Zach
Küss mich, Caroline!

RTB 58301
Elizabeth Chandler
Der Typ zwischen uns

RTB 58302
Randi Reisfeld
Dannys Geheimnis

RTB 58303
Everett Owens
Geheimnisvolle Jennifer

RTB 58304
Karen Michaels
Sommernächte

RTB 58305
Stephanie Sinclair
Gerüchte um Julia

RTB 58306
Karen Kinge Lindboe
Stimme des Herzens

RTB 58307
Dyan Sheldon
Ich bin, wie ich bin

RTB 58308
Ali Brooke
Der große Traum

RTB 58309
Elizabeth Craft
Liebe ist kein Spiel

RTB 58310
Lynn Mason
Voll verliebt!

RTB 58312
Elizabeth Bernard
Wie küsst man einen Jungen?

Elizabeth Winfrey

Mehr als nur ein Freund?

Aus dem Amerikanischen von
Hans Ulrich Hirschfelder

Ravensburger Buchverlag

Als Ravensburger Taschenbuch
Band 58311
erschienen 2001

Die Originalausgabe erschien 1995
bei Bantam, New York
unter dem Titel »More Than A Friend«

Die Deutsche Erstausgabe erschien 1997
in den Ravensburger Taschenbüchern
(RTB 58050)

Umschlagkonzeption: Kursiv Visuelle Kommunikation
unter Verwendung eines Fotos von Bon Prix Katalogherstellung

Printed in Germany

**Die Schreibweise entspricht den Regeln
der neuen Rechtschreibung.**

5 4 3 2 1 05 04 03 02 01

ISBN 3-473-58311-1

www.ravensburger.de

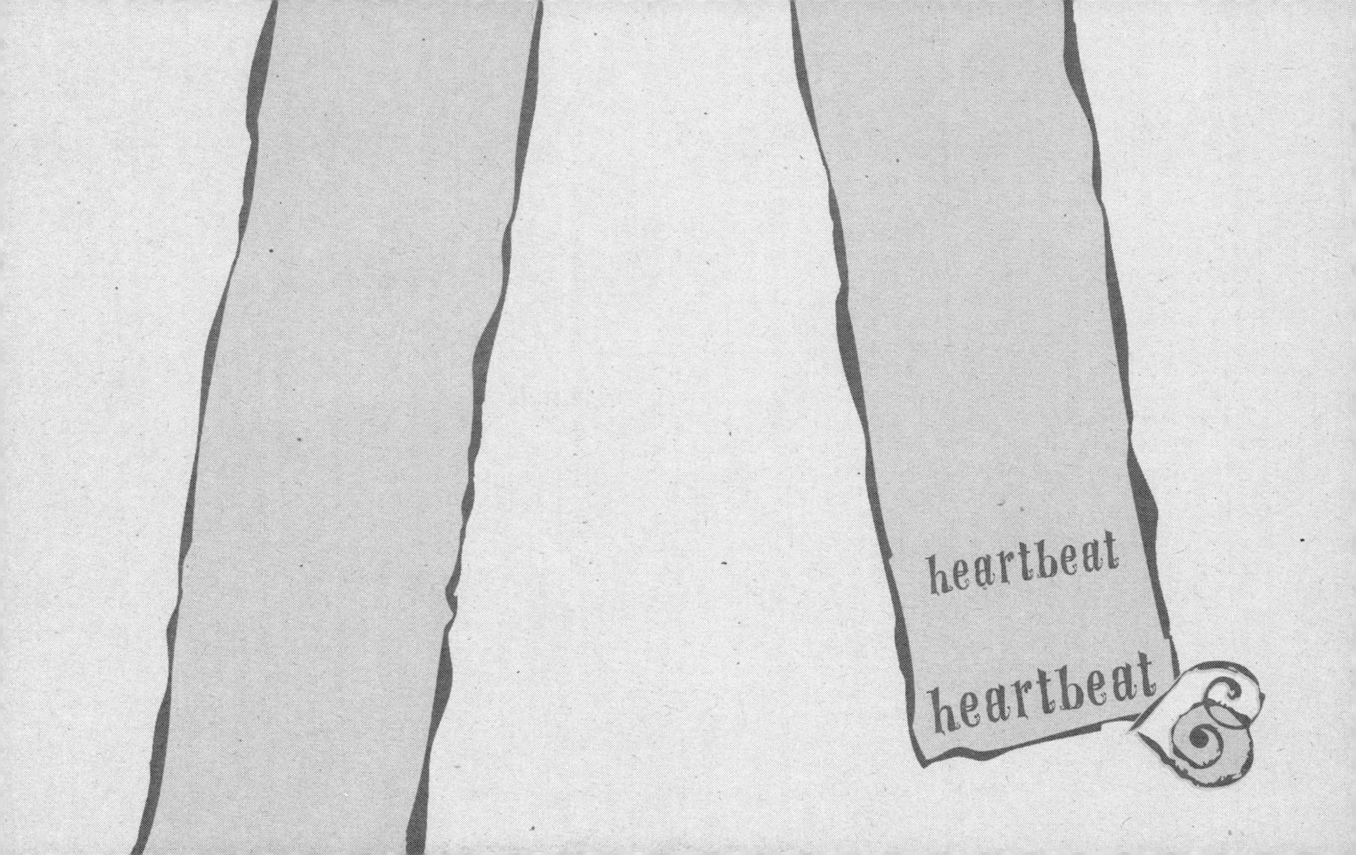
heartbeat
heartbeat

Cain
Bpm
200
Bpm
200
Vorsicht!

Kapitel 1

Delia

Ich werde wohl nie herausfinden, was an diesem Tag in mich gefahren war. Vielleicht lag es an dem strahlend blauen Himmel und der herrlichen Luft draußen am See. Vielleicht aber auch daran, dass alle Leute an der High-School immer Klatsch und Tratsch verbreiten, ich selbst aber nie der Anlass dazu bin. Oder vielleicht daran, dass ich Cain seit fast drei Monaten nicht gesehen hatte und ein bisschen leichtsinnig war. Oder einfach daran, dass ich mich verlieben wollte.

»Weißt du, was dein Problem ist, Delia?«

»Ja. Dass du mich ständig fragst, ob ich weiß, was mein Problem ist«, antwortete ich ihm – Cain Parson, meinem besten Freund und – leider – auch meinem härtesten Kritiker.

»Schon wieder falsch.«

Cain schüttelte den Kopf und wälzte sich im Gras. Wir waren für ein Picknick zum See rausgefahren, und Cain war wohl von unserem Gespräch darüber, wie wir den Sommer verbracht hatten, etwas genervt.

Es war schon Tradition bei uns, den Tag der Arbeit* am See zu verbringen. Wenn man mit jemandem seit drei Jah-

* In den USA der erste Montag im September (Anm. d. Ü.).

ren eng befreundet ist, gewöhnt man sich an gewisse Dinge, und wenn man sie nicht einhält, hat man das Gefühl, dass irgendwas nicht stimmt. Anstatt noch länger mit anderen Schülern in einem Zeltlager rumzuhängen, war ich ein paar Tage früher aus Minnesota nach Hause geflogen.

Aber ich will mich hier nicht als die große Märtyrerin darstellen, ich muss auch zugeben, dass Cain immerhin auf eine Kanufahrt mit Andrew Rice verzichtet hatte, um den Tag mit mir zu verbringen. Was aber nicht heißt, dass ich auf eine seiner berüchtigten »Lass-mich-Delia-analysieren«-Sitzungen vorbereitet war. Aber um den Punkt zu klären, seufzte ich so theatralisch, wie ich nur konnte.

»Okay, Dr. Parson, dann klären Sie mich bitte auf.«

Cain setzte sich auf und spuckte den Grashalm aus, auf dem er herumgekaut hatte. »Einfach gesagt, du bist ein Mädchen Typ Eistee light. Und noch schlimmer, es ist immer Eistee mit Zitronengeschmack – nie Pfirsich oder Himbeere.«

Er lächelte (in meinen Augen selbstgefällig) und legte sich wieder hin. Er verhielt sich, als habe er gerade das Hungerproblem auf der Welt gelöst und nicht irgendetwas Schwammiges über Eistee geplappert.

Wenn ich nur halbwegs bei Verstand gewesen wäre, hätte ich meinen Walkman genommen, mir die Kopfhörer aufgesetzt und ihn nicht weiter beachtet. Aber Cain konnte mich immer wieder mit seinen lächerlichen Theorien beeindrucken.

»Und weiter?«, fragte ich. »Oder soll ich einfach keinen Eistee mehr trinken und darauf hoffen, dass mir das letzte

Jahr auf der High-School Ruhm und Ehre und die große Liebe bringt?«

»Aha! Die Dame möchte mehr wissen.« Cain ließ seinen Blick über die Felder schweifen und sprach in bühnenreifem Tonfall. In seinem Kopf gab es wahrscheinlich hunderte Zuschauer, die gebannt dieser anregenden Unterhaltung lauschten.

»Und tatsächlich gibt es da noch mehr«, fuhr er fort. »Siehst du, Delia, der Supermarkt vorhin hatte eine große Auswahl an Getränken. Sogar beim Eistee gab es zwölf verschiedene Geschmackssorten.«

»Und?«, fragte ich schnell. Wenn ich Cain nicht drängte, würde ich noch in ein paar Stunden hier sitzen, während er vom Hundertsten ins Tausendste kam.

»Warum hast du nicht mal ›Mango-Feuer‹ genommen? Oder ›Amors Früchtepunsch‹? Oder einfach dieses Vanillegesöff?«

»Ich glaube nicht, dass ›Amors Früchtepunsch‹ ein Geschmack ist«, sagte ich.

»Da hast du Recht, aber das ist nicht der Punkt. Der *Punkt* ist, dass du nie so handelst, wie dir gerade zumute ist. Du sagst nicht: ›Hey, Mango-Feuer hört sich interessant an. Ich glaub, ich probier's mal.‹ Stattdessen latschst du immer trübsinnig mit Eistee als einzigem Begleiter durch die Gegend.«

»Eistee ist nicht mein ... Red nicht so geschwollen. Schließlich bist du auch noch da.«

Cain nahm mir die halb leere Flasche aus der Hand und

trank einen großen Schluck. »Delia, das ist nur eine Metapher. Du musst schon mitmachen.«

»Mach ich ja, mach ich ja«, sagte ich und seufzte wieder.

»Du gehst immer und ewig auf Nummer sicher. Du hast Angst, was Neues auszuprobieren. Du lebst dein ganzes Leben wie ... genau, wie eine Nonne, die geschworen hat, einem Weg zu folgen, und zwar nur einem. Ganz ehrlich – du solltest mal andere Wege gehen.«

»Warum?«

»Warum? *Warum?* Weil unglaubliche Dinge passieren können, wenn man es macht.«

»Zum Beispiel?« Wie ich schon sagte, Cain konnte mich mit seinen Theorien fesseln.

»Lass dir was einfallen ... Du könntest etwas erfinden, zum Beispiel – wie der, der die Geldwechselmaschine erfunden hat. Du könntest das heißeste Musical am Broadway auf die Bühne bringen. Und noch aufregender, du könntest dich verlieben. Oder dich zumindest verabreden.«

Ich stöhnte auf. Mein – nicht vorhandenes – Liebesleben war eins von Cains Lieblingsthemen. Völlig unerwartet, zum Beispiel wenn wir Mathe lernten, fing er unter Garantie irgendwann damit an. »Diese Gleichung ist wie dein Liebesleben«, sagte er dann. »Viele uninteressante Faktoren, die gleich null sind.«

Ich stelle Cain hier als ziemlich gefühllosen Beobachter dar, aber das ist er nicht. Wirklich nicht. Nur, er versteht einfach nicht, wie wir normalen Menschen leben. Mit »normal« meine ich diejenigen von uns, die nicht 1.80 m groß sind, schwarze Haare, blaue Augen und eine tolle Figur haben. Wer es noch nicht geahnt hat – das war eine Beschreibung von Cain. Und außerdem war er noch wahnsinnig nett und unheimlich witzig, hatte aber auch die ärgerliche Angewohnheit, jeden sofort für sich einzunehmen.

Aber was Cain da über Ängste sagte, hatte schon Hand und Fuß. Ich *hatte* Angst – vor vielen Dingen. Ich lebte zum Beispiel in ständiger Angst vor Zurückweisung. Ich meine, ich habe schon Mädchen mit gebrochenem Herzen heulen sehen, weil irgend so ein Heini sich entschlossen hatte, sie mitten auf einer Party loszuwerden. Oder wenn ich mir diese Mädchen angucke, die dauernd ihre Lippenstifte nachziehen und sich dann wieder neuen Foltern aussetzen, habe ich nur noch Mitleid. Wirklich. Aber ich frage mich auch, warum sie das machen. Ist denn ein fester Freund wirklich das Größte? Ist es das denn wert, jedes Mal wieder zu heulen, wenn du siehst, wie der Typ seinen Arm um seine Neue legt? Was mich betrifft, kann ich gut darauf verzichten.

Meine Mutter vergleicht mich immer mit einem Kaktus. Sie meint damit, dass ich niemanden zu nahe an mich heranlasse – aber das ist völliger Blödsinn. Jeden fein säuberlich mit einem Etikett zu versehen, als wär er nichts weiter als eine Packung Tampons oder ein Wegwerfrasierer, kommt mir ziemlich daneben vor. Warum sollen wir denn unser Leben als kurzen Artikel für den Brockhaus zusammenfassen?

Aber Cain hatte schon Recht, Angst lähmt mich ganz schön. Andererseits – wen denn nicht?

»Angst, ja?« Ich kniff die Augen zusammen und musterte ihn. Er hatte gerade drei Monate auf einer nahe gelegenen Farm verbracht, wo er Weihnachtsbäume gefällt hatte. Die Arbeit hatte Wunder für seine Muskeln bewirkt. Wenn doch nur der Jazztanz, den ich einem Haufen Zehnjähriger beigebracht hatte, dieselbe Wirkung gehabt hätte!

Cain nickte ernst. »Guck dich doch an. Du bist siebzehn, und du warst noch nie verliebt. Willst du dein letztes High-School-Jahr wirklich allein verbringen?«

Jetzt war es höchste Eisenbahn, den Spieß umzudrehen. »Und was ist mit dir, Cain? Du hast endlos Freundinnen, die du ziemlich per Zufall aussuchst. Willst du mir etwa erzählen, dass du dich nicht allein fühlst, wenn du mit einer von denen auf deinem Rücksitz rummachst?«

»Ich versuch's wenigstens.«

»*Ich* versuch's auch«, beharrte ich. »Ich hab bloß noch kein Glück gehabt.«

Cain lachte. »Das redest du dir doch bloß ein. Bei dir könnte dein Traumprinz vorbeikommen, auf 'nem weißen Pferd und alles, und du würdest ihn glatt wieder wegreiten lassen.«

»Gar nicht wahr«, sagte ich.

Je länger das Gespräch dauerte, desto mehr hatte ich das Gefühl, dass Cain auf irgendwas Bestimmtes hinauswollte. Ich hab mir nur gewünscht, dass er einfach auf den Punkt kommen und mich dann in Ruhe mein Sandwich essen lassen würde.

»Beweis es«, sagte er.

»*Was* soll ich beweisen?« Ich sah auf den Boden und hätte das Gespräch am liebsten beendet. Ich dachte daran, ein paar komische Sachen von den zehnjährigen Mädchen zu erzählen, denen ich im Sommer Tanzen beigebracht hatte. Oder irgendetwas, bloß um Cain wieder auf andere Gedanken zu bringen.

»Zeig mir, dass du dich wirklich verlieben willst.«

»Wie denn?«

»Na, wie wohl? Indem du dich verliebst.«

»Cain, das ist nicht so, wie eine gute Arbeit zu schreiben. Ich kann nicht einfach losziehen und mich verlieben.«

»Woher weißt du das denn, wenn du's nie probiert hast?«

Langsam war es nicht mehr witzig. Cain gab heute nicht auf, und ich merkte, wie ich rot wurde. Ich wusste, das gefiel ihm. Aus irgendeinem Grund fand er es toll. Ich fand es eher erniedrigend.

»Vergiss es«, sagte ich bestimmt. Ich biss in mein Sandwich und machte meinen Walkman an. Wenn ich ihm nicht mehr zuhörte, würde er schon aufgeben.

Cain nahm mir die Kopfhörer ab. Aretha Franklins Stimme klang jetzt gedämpft und blechern. »Ich meine es ernst, Delia. Du traust dich nicht, dich zu verlieben.«

Früher hatte es immer gewirkt, einfach den Spieß umzudrehen. Aber hatte ich denn eine andere Wahl? Ich machte einen weiteren verzweifelten Versuch. »Na gut. Aber du traust dich auch nicht, dich zu verlieben. Und ich spreche nicht von irgendeinem zweiwöchigen Abenteuer mit der Bedienung aus Minskys Pizzeria.«

Ich war jetzt so richtig in Fahrt und Cain hörte mir aufmerksam zu. »Und ich rede auch nicht über ein paar Verabredungen mit Sarah Fain, dieser Cheerleaderin mit den großen Brüsten. Ich rede über *wirkliche Bindung*. Eine Übereinstimmung des Geistes.«

»Okay. Du hast es kapiert«, sagte er achselzuckend.

»Was?« Ich konnte mir nicht vorstellen, dass er wirklich darüber sprechen wollte, und wartete darauf, dass er das Gespräch mit einer witzigen Bemerkung beenden würde.

»Also gut, ich trau mich nicht, du traust dich nicht. Wer als Erster sein Ziel erreicht, hat gewonnen.« Aus seinem Gesicht bin ich nicht schlau geworden, so hoffte ich nur, dass seine Idee ein Witz sein sollte.

»Du willst echt, dass wir uns verlieben?«

»Warum nicht?« Er verschränkte die Arme und sah unglaublich eingebildet aus.

Aber trotzdem faszinierte mich seine Idee. Vielleicht hatte Cain Recht. Vielleicht war es an der Zeit, dass Delia Byrne den Jungen an der Jefferson High School – oder zumindest einem – mal zeigte, was in ihr steckte. Außerdem war es unser letztes Schuljahr. Würde ich einen kompletten Idioten aus mir machen, wär das Schlimmste, was passieren könnte, den Rest des Jahres zu leiden, und mich später nie auf einem Klassentreffen sehen zu lassen. Ich wär wahrscheinlich sowieso nie zu Klassentreffen gegangen.

Aber wenn ich schon bei Cains verrückter Idee mitmachte, dann wollte ich wenigstens den Einsatz erhöhen. Ich war nicht scharf darauf, mein Herz in Stücke reißen zu lassen, nur weil Cain das so wollte.

Ich nickte bedächtig. »Du hast Recht.«

»Meinst du?« Zum ersten Mal klang er ein bisschen unsicher.

»Absolut. Aber lass uns eine Wette draus machen.«

Cains Augen leuchteten. Er fand Wetten megascharf. »Jetzt hast du's wirklich kapiert, Delia. Wenn schon, denn schon.«

Ich setzte mich etwas aufrechter hin. »Irgendwelche Vorschläge?«

»Der Verlierer muss für den Gewinner einen Monat lang kochen?«

Ich schüttelte den Kopf. Wenn wir es machen wollten, mussten wir es schon richtig machen. Wenn das Gewinnen nicht so wichtig war, würden wir beide wahrscheinlich die ganze Sache lassen und in unseren alten Trott zurückfallen.

»Wie wär's, wenn der Verlierer einmal die Woche das Zimmer des Gewinners sauber machen muss?«, versuchte er es wieder.

»Na, das ist ja wohl kaum fair«, sagte ich. »Ich bin wahnsinnig ordentlich, und du bist der größte Schlamper.«

»Der Verlierer muss eine Woche dieses T-Shirt mit der Aufschrift ›Ich bin langweilig‹ tragen?«

»Nö. Jetzt wird's langsam ätzend.«

»Fünfzig Dollar?«

»Ach, komm, Cain. Du kannst es besser.«

Cain wälzte sich wieder im Gras. Er streckte Arme und Beine weit von sich und schloss gegen die blendende Sonne die Augen. »Lass mich kurz nachdenken«, sagte er. »Und dann werde ich einen Wetteinsatz haben, der dir die Haare zu Berge stehen lässt.«

Ich drehte mich auf den Bauch und legte den Kopf auf meine Arme. Ich wollte mir zwar mit geschlossenen Augen einen Wetteinsatz ausdenken, konnte mich aber nicht darauf konzentrieren. Und deswegen ließ ich meinen Gedanken freien Lauf, während Cain seinen Grips anstrengte.

Ich stellte mir vor, wie ich beim ersten Footballspiel des Jahres eine Fahne unserer High-School schwenkte und beobachtete, wie meine heimliche, große Liebe aufs Spielfeld kam. Er drehte sich um und musterte die Tribüne, bis unsere Blicke sich trafen. Dann reckte er den Daumen, bevor er seine Mannschaft zusammenrief.

Bei dem Gedanken musste ich lachen. Footballspieler sind überhaupt nicht mein Typ. Natürlich sind sie erste Sahne als Sportler, aber für mich sind sie auch immer die kleinen Jungs, die sich im Umkleideraum mit nassen Handtüchern gegenseitig verprügeln. Absolut nicht mein Ding.

Dann sah ich mich auf einer Theaterbühne *Schwanensee* tanzen. Zum Schluss der Vorstellung lagen drei Dutzend rote Rosen zu meinen Füßen. Ich lächelte dankbar und warf meinem Freund eine Kusshand zu. Es war ein wunderbarer Traum, allerdings mit einem kleinen Schönheitsfehler: Ich finde, dass *Schwanensee* so toll nicht ist.

Plötzlich setzte sich Cain auf und klatschte in die Hände. »Ich hab's. Das heißt, wenn du die Herausforderung annimmst.«

Ich drehte mich um und stützte mich auf die Ellbogen. »Versuch's mal.«

»Okay. Wenn du verlierst, musst du dir deine Haare kurz schneiden und blond färben lassen.« Er sah mich an und zuckte mit den Augenbrauen.

»Was?«, schrie ich auf.

Ich hab gedacht, er tickt nicht richtig. Er wusste ganz genau, dass meine Haare mein einziges Kapital waren – dicht und dunkel und lang. Fast immer seufzte ein dünnhaariges Mädchen im Umkleideraum verzweifelt, wenn sie sehnsüchtig meine Haare anstarrte. Was meine Haare betrifft, bin ich eitel – und das wollte Cain mir nehmen?

Er muss wohl meinen leidenden Gesichtsausdruck bemerkt haben. »Was ist denn, Delia? Bist du so sicher, dass du verlierst?«

Ich hasse Stolz. Er bringt einen nur dazu, blöde Sachen zu sagen und zu tun, wo andere Leute sofort einsehen würden, dass es der helle Wahn ist. Aber in dem Fall ließ mein Stolz mich zustimmen.

»In Ordnung, Mister Obercool. Und was, wenn *ich* gewinne?«

»Ganz einfach. Ich muss mir Ohrlöcher machen lassen.«

»Auf keinen Fall! Du redest schon ewig davon, dir Ohrlöcher machen zu lassen. Das gilt nicht.«

»Gut. Dann lass *du* dir etwas einfallen.«

Ich hab nicht gerade oft Geistesblitze, aber wenn, dann sind sie wirkliche Inspirationen. Jetzt hatte ich solch einen Moment.

»Wenn ich die Wette gewinne, dann musst du dir das Wort *Verlierer* in die Haare rasieren lassen. Und um es dir einfacher zu machen, werde ich es auch tun.« Ich grinste ihn an.

Er pfiff durch die Zähne. Ich konnte wetten, dass ihm das zu schaffen machen würde, so vor aller Welt als Verlierer dazustehen. Aber er konnte auch nicht mehr zurück. Das ist nicht sein Stil. »Hand drauf«, sagte er.

Wir schüttelten uns feierlich die Hände, aber dann fiel mir ein, dass wir gar keinen Zeitraum vereinbart hatten. Wir mussten uns schon eine Frist geben, um uns verlieben zu können, aber auch nicht so lange, bis wir Tattergreise sein würden.

Cain musste meine Gedanken gelesen haben. »Wir sollten uns auf den Winterball einigen«, sagte er. »Wer dort mit seiner großen Liebe aufkreuzt, hat gewonnen.«

Da fiel mir noch etwas anderes ein. »Hey, und was, wenn wir uns beide verlieben?«, fragte ich.

Er tätschelte mir den Kopf. »Dann haben wir beide gewonnen. Unentschieden.«

Als wir unsere Sachen zusammenpackten, wurde mir ein bisschen flau im Magen. Die nächsten Monate würden mehr erfordern als nur harte Arbeit und Glück – ein Wunder musste geschehen.

Kapitel 2

Cain

Am Dienstag ist mir nach dem Aufwachen nur ein Gedanke durch den Kopf gegangen – diese blöde Wette mit Delia. Ich hätte die ganze Sache doch nicht vorgeschlagen, wenn ich nicht davon ausgegangen wäre, dass sie auf keinen Fall mitmachen würde.

Aber leider reagiert Delia immer total anders, als man's erwartet. Also musste ich mich verlieben.

Oberflächlich betrachtet könnte man annehmen, dass es für mich leichter sein würde als für Delia. Ich hab mit Verabredungen nie Probleme gehabt, und ich bin alles andere als schüchtern. Delia dagegen bleibt lieber für sich. Sie ist eins der bestaussehendsten Mädchen in der Schule (wenn nicht *das* bestaussehendste), aber wenn irgendjemand ihr das sagt, sagt sie nicht einfach »Danke« und denkt bei sich, dass derjenige nicht ganz dicht ist. Nein, sie redet dann unvermittelt über schmeichlerische Männer, die meinen, sie würden einer Frau wer weiß was Gutes tun, indem sie ihr was sagen, was sowieso nicht stimmt. Was soll ich sagen? Meine beste Freundin hat einen Komplex.

Aber jetzt, da sie sich entschieden hatte, sich zu verlieben, konnte man sicher sein, dass sie es auch machen würde. Delia ist sehr ehrgeizig. Ich hatte sie herausgefordert, und sie würde nicht ruhen, bis sie einen Plan hatte. Im

Gegensatz zu mir. Ich hatte keinen Plan und keine Idee, wie ich es anstellen sollte.

Delia würde wahrscheinlich in der Schule irgendeinem Versager lange in die Augen gucken und sich wahnsinnig verlieben. Und inzwischen würde ich nur mit einem schönen Mädchen auf dem Rücksitz meines Autos rumschmusen (wo Delia mich – in ihrer Vorstellung – am liebsten mit einem Mädchen sah). Und um allem die Krone aufzusetzen, musste ich mir auch noch das Wort *Verlierer* in meine Haare rasieren lassen.

Als ich an diesem sonnigen Morgen in die Schule kam, suchte ich die Flure nach Delia ab. Vielleicht hatte sie ja nach dem Aufwachen die Wette auch bereut? Dann würde ich sie natürlich ganz großzügig aus der Wette entlassen – dass mein Selbstvertrauen angeknackst war, brauchte sie ja nicht zu wissen. Aber ich konnte sie nirgendwo entdecken.

»Wahrscheinlich stellt sie gerade einen Zeitplan auf für ihre erste Verabredung, ihren ersten Kuss und ihr erstes ›Ich liebe dich‹«, murmelte ich.

Und wie ich Delia kannte, würde sie ›Ich liebe dich‹ erst sagen, kurz bevor sie mit ihrem Freund zum Winterball ging. Sie hatte einen Hang zum Dramatischen.

Ich wollte gerade die vier Treppen zu meinem neuen Klassenzimmer hochgehen, als Andrew Rice, nach Delia mein bester Freund, plötzlich neben mir auftauchte. Weil ich die Kanufahrt nicht mitgemacht hatte, hatte ich ihn seit Anfang Juli nicht gesehen.

»Hey, Cain Parson«, sagte er. »Irgendwas Interessantes gesehen in letzter Zeit?«

»Nein, aber dafür hab ich Mister Geizhals getroffen. Mein Chef hat mir nur eine 300-Dollar-Prämie gegeben, nachdem ich mir den ganzen Sommer den Arsch aufgerissen habe.«

»Willkommen in der Wirklichkeit, Alter. Darum arbeite ich für meinen Vater.« Mr Rice ist Anwalt, und jeden Sommer arbeitet Andrew in seiner Kanzlei. Er verbringt die meiste Zeit damit, Fotokopien zu machen und Faxe wegzuschicken – eine Arbeit, die mich in den Selbstmord treiben würde.

Als wir im vierten Stock ankamen, bemerkte ich zufrieden, dass Andrew schnaufte und keuchte. Drei Monate Arbeit bei Neonlicht und Klimaanlage sind für die Ausdauer eben nicht gerade das Beste.

»Guck jetzt nicht hin, aber dahinten steht Debbie Jackson«, sagte Andrew und stieß mich an.

Ich grinste. Debbie war im Frühling etwas mehr als einen Monat meine Freundin gewesen. Zuerst hab ich sie toll gefunden, aber zum Schluss hat sie mich nur noch verrückt gemacht. Alles, was sie sagte, hörte sich an wie eine Frage – außer den echten Fragen, die dann eigentlich Feststellungen waren. Ich kam mir bei ihr immer wie in einer endlosen Quiz-Show vor.

Ich dachte daran, mich hinter den Schließfächern zu verstecken, aber da hatte sie mich schon gesehen.

»Hi, Cain?«, sagte Debbie und gab mir einen Kuss auf die Wange. Sie sah noch besser aus als damals. Die blonden Haare waren jetzt kurz geschnitten, und mit dem Pony sah sie echt süß aus.

»Hey, Debbie. Wie war's im Sommer?« Ich wollte wenigstens höflich sein. Und vielleicht lag ich mit Debbie ja auch falsch. Vielleicht war sie meine einzige wirkliche Liebe?

»Es war toll! Ich hab als Bademeisterin im Schwimmbad gearbeitet? Und bei dir?«

In dem Moment ist mir klar geworden, dass es für Debbie und mich keine Zukunft gab. Vielleicht hab ich ja eine Macke, aber ich hab's eben am liebsten, wenn mich eine Unterhaltung nicht total abnervt. Andrew lachte leise vor sich hin. Was Reife betrifft, ist er wirklich ein Neandertaler.

»Es war gut. Gut«, quetschte ich heraus. Ich sah auf die Uhr. »Es klingelt gleich, und wir haben bei Mr Maughn.«

»Ich verstehe? Ich hatte ihn im zweiten Jahr?«, sagte Debbie und wollte schon losgehen. »Wollen wir nicht irgendwann mal was zusammen machen?«

»Ja, vielleicht?«, antwortete Andrew für mich. Es war zwar nicht besonders cool, aber ich musste doch lachen. Ich war wohl auch nicht viel reifer.

Debbie sah uns merkwürdig an und ging dann den Flur hinunter.

Ich schüttelte den Kopf, als ich mich hinter meinen Schreibtisch zwängte.

Ich hatte im vergangenen Jahr ein paar wirklich tolle Mädchen getroffen, aber genauso war ich auch mit einigen verabredet gewesen, die wahrscheinlich nicht frei auf der Straße herumlaufen sollten …

»Alter, an dieser Schule gibt's keine vernünftigen Mädchen«, beklagte ich mich bei Andrew.

Er zuckte mit den Schultern.

»Erinnerst du dich, als wir auf die High-School kamen? Da war die Schule voll von schönen, aufregenden Mädchen. Die müssen alle gegangen sein, als wir angefangen haben.«

»Cain, ich schreib gerade die Namen von zwanzig Wahnsinnsbräuten aus der Abgangsklasse auf, und mit jeder würde ich mich sofort verabreden. Und du willst mir erzählen, dass das hier kein geiler Acker ist?«

Ich schüttelte wieder den Kopf. »Ich mein jemand Besonderes – eine, in die ich mich verlieben könnte.«

»Liebe? Ach du lieber Himmel.« Andrew verdrehte die Augen. Dann schrieb er weiter an seiner Namensliste.

Ich blickte ihm über die Schulter. Im Kopf strich ich all die Mädchen aus, mit denen ich verabredet gewesen war. Man soll ausgebrannte Feuer nicht wieder zum Brennen bringen. Aber ich kriegte Stielaugen, als ich zu Mädchen Nummer elf kam.

»Delia?«, japste ich.

»Klar«, sagte Andrew. »Sie hat einfach alles, wie ich's mir so vorstelle.« Er malte einen großen Stern neben Delias Namen.

Ich starrte auf den Zettel. Er hatte sie zwischen Amanda Wright und Carrie Starks gesetzt. Unglaublich. Nicht, dass Andrew Delia nicht auch attraktiv, intelligent und so weiter finden sollte, aber dass er ihren Namen auf so eine bescheuerte Liste setzte, das traf mich hart. Andrew hatte nicht begriffen, dass Delia einzigartig war. Sie passte nicht in so eine blöde Wunschliste. Sie war eine Persönlichkeit.

»Du hast sie doch nicht alle«, sagte ich. »Weißt du, wie sauer sie wird, wenn ich ihr das erzähle?« Ich schnappte mir den Zettel und wedelte damit vor seinem Gesicht herum.

Er zuckte mit den Schultern. »Also, ich bezweifle ja, dass Delia sich die Bohne daraus macht, wie ich mir die Zeit vertreibe, wenn ich darauf warte, dass die Stunde losgeht.« Er sah mich hochnäsig an. »*Du* bist derjenige, der damit ein Problem hat, Cain.«

»Wie meinst du das?«

Andrew schnippte mit den Fingern. »Du bist eifersüchtig.«

»Du spinnst ja«, antwortete ich. Seit Jahren ärgerten mich die Leute damit, dass ich heimlich in Delia verknallt wär. Und doch gingen mir diese Sticheleien jedes Mal unter die Haut.

In diesem Moment klingelte es zum zweiten Mal. Ich ließ mich auf meinen Stuhl plumpsen. Mr Maughn zog einen Haufen Notizzettel aus seiner Aktentasche, räusperte sich und begann dann seinen Salm über Unpünktlichkeit und »Nickerchen« während des Unterrichts. Nach drei Jahren auf der High-School hörte ich nicht mehr besonders aufmerksam zu. Hast du einen von diesen Vorträgen am ersten Schultag gehört, kennst du sie alle.

Ich spürte, wie ich rot wurde, als ich weiter darüber nachdachte, was Andrew gesagt hatte. Es stimmte, dass ich Delia immer in Schutz nahm. Aber bloß, weil ich weiß, wie wir Typen so sind. Und ich will nicht, dass sich irgendjemand einbildet, über Delia genauso obszön und grob wie über andere Mädchen sprechen zu können.

Schließlich beendete Mr Maughn seine Rede nach dem Motto »Willkommen an der High-School, ich bin hier, um euch das Leben sauer zu machen« und begann mit der Anwesenheitsprüfung, einem weiteren wahnsinnig aufregenden Aspekt des ersten Schultages.

Irgendwann, als er bei D angelangt war, wurde die Tür aufgerissen. Ich sah, wie sich in Mr Maughn alles zusammenzog. Lehrer denken immer, wenn sie am ersten Schultag die Klasse unter Kontrolle haben, dann kommen sie ohne größere Probleme durchs ganze Jahr. Mr Maughn war ganz offensichtlich nicht sehr erbaut davon, dass sein Plan A – Disziplin – geplatzt war.

Ich drehte mich um, um mir den Störenfried anzusehen. Sie war an der Tür stehen geblieben, als würde sie sich nicht trauen, weiter ins Klassenzimmer zu kommen. In ihren Armen schwankte ein Berg Hefte und Bücher, von denen eins gleich herunterzufallen drohte.

Ihre langen blonden Haare waren locker zusammengebunden, und sie hatte ein schmales Gesicht und Riesenaugen. Sie trug ein schwarzes Minikleid und eine Pilotenjacke. Ich holte tief Luft und war völlig versunken in den Anblick ihrer langen, schlanken Beine. Plötzlich war Andrews Liste wie weggeblasen.

»Name?«, schnauzte Mr Maughn.

Sie schaute sich schnell in der Klasse um, als würde sie hoffen, so was wie einen Beschützer zu finden. Unsere Blicke trafen sich, und wir sahen uns einen Moment in die Augen. Ich lächelte sie an.

»Rebecca Foster«, sagte sie ziemlich ruhig angesichts der

Tatsache, dass sie soeben eine Stunde unterbrochen hatte. Sie hatte wohl die Situation schnell erfasst und gemerkt, dass es keinen Grund gab, sich eingeschüchtert zu fühlen.

Mr Maughn ging mit einem Finger die Namensliste durch. »Foster, Foster, Foster«, murmelte er vor sich hin. Er schaute auf. »Wissen Sie, wie spät es ist, Ms Foster?«

Sie warf einen Blick auf die Uhr, die über seinem Kopf hing. »Äh ... halb zehn?«, sagte sie.

»Ja«, sagte er und nickte. »Und der Schultag beginnt um 8.55 Uhr. Wie lautet Ihre Entschuldigung?«

Sie ging nach vorne und gab ihm einen grünen Zettel. »Ich war noch im Verwaltungsbüro. Ich bin von einer anderen Schule abgegangen.«

Mr Maughn sah im Moment irgendwie verstört aus. In der Klasse war es mucksmäuschenstill. Das Mädchen hielt uns davon ab zu quatschen und zog unsere Aufmerksamkeit völlig auf sich.

»Na gut«, sagte Mr Maughn. »Ich werde Ihnen später sagen, was Sie verpasst haben.«

Rebecca lächelte freundlich und setzte sich in die erste Reihe. Sie starrte Mr Maughn an, als könne er ihr alle Geheimnisse des Lebens erklären. In dem Moment hätte ich mich verfluchen können, dass ich hinten saß.

Mr Maughn machte mit der Namensliste weiter. Er klang wieder entspannter und freundlicher. Er hatte sich wohl entschlossen, zu Plan B überzugehen – bring die Kids auf deine Seite, und sie *wollen* erzogen werden.

Ich war so damit beschäftigt, Rebecca von hinten zu mustern, dass Mr Maughn meinen Namen zweimal sagen musste, bevor ich antwortete. Vielleicht habe ich es mir ja nur eingebildet, aber ich hätte schwören können, dass Rebecca sich etwas gerader hinsetzte, als ich mich räusperte und »Hier!« sagte.

Andrew gab mir einen Zettel, auf dem kurz und bündig stand: »Heißes Teil. Vorne und hinten!« Verlegen zerriss ich den Zettel und steckte die Schnipsel in die Hosentasche. Ich wollte nicht, dass er aus Rebecca nur einen weiteren Namen auf seiner Liste machte. Sie hatte etwas Besonderes. Und das Kribbeln in meinem Bauch sagte mir, dass ich sie bald haben würde. Sehr bald.

Den Rest der Stunde verbrachte ich in tiefen Gedanken. Wie sollte ich an sie rankommen? Sollte ich es entschlossen und draufgängerisch versuchen? Oder nett und schüchtern? Weil ich ja nichts von ihr wusste, war ich nicht sicher, wie ich meine Karten ausspielen sollte. Keine Ahnung, mit was für Typen sie ausging. Ich wusste nicht, ob sie an Musik interessiert war oder an Cheerleading oder an Theater. Und vielleicht hatte sie ja schon einen Freund. Ich betete im Stillen, dass sie von irgendwo weither kam. Denn dann wäre ein Freund kein Problem.

Ich hab nicht allzu viel Leute kennen gelernt, die ein viel versprechendes Abenteuer auslassen, nur weil sie angeblich jemanden lieben, den sie alle paar Wochen mal zu Gesicht bekommen. Ich nenne das immer Zeltlagerkomplex. Die Leute fahren ins Zeltlager, treffen jemanden und knutschen jede Nacht wie wild unter einem Baum oder in einem Boot. Und am Ende des Sommers gestehen sie sich ihre Liebe und trösten sich, dass das Jahr bis zum nächsten Zeltlager wie im Flug vergehen wird. Nach ein paar Briefen und ein oder zwei verlegenen Anrufen gerät die ganze Sache in Vergessenheit. Und im nächsten Jahr entscheiden dann beide, dass sie fürs Zeltlager schon viel zu alt sind. Doch, doch, ich spreche aus Erfahrung – obwohl ich auch nie diese tollen Nächte mit Elaine Mason vergessen werde.

Da mich meine Grübeleien über Rebecca nicht weiterbrachten, beschloss ich, ich selbst zu sein – mehr oder weniger – und das Beste zu hoffen. Das ist gewöhnlich der Weg, den ich bei Mädchen einschlage. In meinem zweiten High-School-Jahr hatte ich Gina Roslin aus der Leichtathletikmannschaft erzählt, dass ich ein ganz toller Stabhochspringer wär. Und als sie mich dann bat, es einmal vorzumachen, hab ich mir fast den Kiefer gebrochen, weil ich mit dem Gesicht zuerst auf der harten Matte gelandet bin. Damit (und auch durch ein paar kluge Worte von Delia) hab ich begriffen, dass die meisten Frauen zwar unglaublich auf starke Sprüche abfahren, aber haben sie dich einmal durchschaut, geben sie dir einen Korb.

Als es klingelte, blieb ich sitzen. Ich war unentschlossen, ob ich zu Rebecca gehen sollte oder nicht. Dann bat Mr Maughn sie, noch einen Moment dazubleiben, um ihr die ganzen Schulregeln zu erklären. Das war das Stichwort, um mich ohne Probleme zurückziehen zu können.

Beim Hinausgehen warf ich Rebecca noch einen letzten Blick zu. Sie lächelte mich an und winkte mir achselzuckend zu. Mir lief es kalt über den Rücken.

In dem Moment wusste ich, dass ich die Wette gewinnen würde.

Delia wartete im Flur auf mich. Wir hatten anschließend zusammen Physik. »Wegen unserer Wette«, begann sie.

Ich hob eine Hand und schnitt ihr das Wort ab. »Jetzt keinen Rückzieher, Delia«, sagte ich selbstgefällig. »Gerade ist mir das Mädchen meiner Träume über den Weg gelaufen. Du solltest schon mal Schere und Haarfärbemittel bereitlegen.«

Sie schnitt eine Grimasse. »Ha! Ich wollte ja gar nicht kneifen. Ich wollte dir nur sagen, dass wir eine schriftliche Vereinbarung treffen sollten, damit du dich nicht herausreden kannst, als *Verlierer* gebrandmarkt zu werden.«

»Mag der Bessere gewinnen«, sagte ich.

Und als wir in die Klasse gingen, zählte ich die Minuten, bis ich Rebecca wieder sehen würde.

Kapitel 3

Delia

Sogar an einem guten Tag hasste ich es, in der ersten Stunde Physik zu haben. In den nächsten neun Monaten würde ich mich morgens als Erstes mit unsäglichen Gleichungen und langweiligen Experimenten rumplagen müssen. Ich finde, niemand sollte vor dem Mittagessen mit etwas zu tun haben, was Mathe auch nur entfernt ähnelt.

Während ich dasaß und Ms Gordons leierndem Vortrag über Geschwindigkeit zuhörte, beobachtete ich Cain. Er wirkte, als würde er an etwas höchst Komisches denken. Ich wurde das Gefühl nicht los, dass ihn unsere Wette beschäftigte, und mir wurde fast schlecht, als ich sah, wie arrogant er den Kopf zurückwarf.

Es war so was von unfair – Cain hatte im Gegensatz zu mir immer Glück.

Einmal hatte er mich mit seiner Großmutter zu einem Bingoabend ins »Bürgerhaus für Senioren« mitgeschleift. Zum Schluss hatte er über einhundert Dollar gewonnen. Und als ich auch endlich mal gewonnen hatte, war es kein Bargeld, sondern eins von diesen T-Shirts mit dem Aufdruck: »Meine Oma ist zu den Niagarafällen gefahren, und alles, was sie mir mitgebracht hat, ist dieses blöde T-Shirt.« Danach bestand Cain darauf, dass ich das Ding anzog, wann immer seine Großmutter in der Nähe war. Und ich kann euch sagen, Limonengrün ist nun überhaupt *nicht* meine Farbe!

Als es endlich klingelte, teilte Ms Gordon gerade die Bögen mit den Hausaufgaben aus. Die Seiten waren so voll geschrieben, dass es aussah, als wären die Fragen schon alle beantwortet. Aber dummerweise sehen die Physikbögen nun mal so aus.

Beim Hinausgehen gab Cain mir einen Zettel, den er während der Stunde gezeichnet hatte. Er hatte sich in einem großen Herzen dargestellt, und ich stand daneben und versuchte, einen Pfeil hineinzubohren. In eine Sprechblase über meinem Kopf hatte er geschrieben: »Blonde haben mehr Spaß.«

»Ha, ha«, sagte ich. »Ist diese blöde Wette alles, woran du in den nächsten vier Monaten denken wirst?«

Cain grinste und klopfte mir auf die Schulter. »Überhaupt nicht. Schon bald werde ich so verknallt sein, dass ich gar keine Zeit habe, meinen Sieg richtig auszukosten.«

Ich stapfte mit meinem Physikbuch im Arm, das mir schwer wie Blei vorkam, hinüber zu meinem Schließfach. Es war kaum zehn, und schon entwickelte sich dieser Tag zu meinem schlechtesten an der High-School.

»Schlechten Tag heute, Schätzchen?«, sagte jemand mit süßlicher Stimme hinter mir, als ich gerade die Schließfachtür mit voller Wucht zuknallte.

»Ellen!«, rief ich. »Ich hab gestern fünfmal versucht, dich anzurufen.«

»Tut mir Leid. Aber auf dem Rückweg aus Colorado

wollte mein Vater unbedingt ins Buffalo-Bill-Museum. Deswegen waren wir so um die zwölf Stunden unterwegs und erst spät zu Hause. Mir tut jetzt noch mein Hintern weh von dem vielen Sitzen.«

Ich lachte und umarmte sie. Ellen Frazier war neben Cain meine beste Freundin. Sie war unheimlich groß und dünn und blond und wirkte immer so ein bisschen wie die Fotomodelle in den Modezeitschriften. Aber sie war absolut realistisch und sah sich selbst als nichts Besonderes. Sie war eher davon überzeugt, dass sie so etwas wie eine Ungeheuer war, weil sie so gut wie keine Brüste hatte.

»Und wie war die Wiedervereinigung der Familie?«, fragte ich.

Sie sah an die Decke und faltete die Hände wie zum Gebet. »Mein Vater und sein Bruder haben drei Tage damit verbracht, sich gegenseitig im Fliegenfischen auszustechen. Und nachts haben sie dann Schach gespielt wie die Verrückten, was meine Mutter auf die Palme gebracht hat. Und während all dem haben meine kleinen Cousins Berge von Windeln verbraucht. Dreimal darfst du raten, wer der Babysitter war?«

»Mit anderen Worten, es war genauso, wie du es erwartet hast.« Ich kramte in meiner Tasche nach einer Haarspange. Durch die hohe Luftfeuchtigkeit standen meine Haare in alle Richtungen, und ich wusste, dass ich bald wie ein Mopp aussehen würde, wenn ich nichts dagegen machte. Ellen nahm mir mein Geschichtsbuch ab, sodass ich beide Hände frei hatte, um meine Haare zu bändigen.

»Ja, absolut das, was ich erwartet hatte«, sagte sie und nickte. »Aber eine Überraschung gab es doch.«

»Hast du dich in deinen Reitlehrer verknallt?«, fragte ich und nahm ihr das Geschichtsbuch wieder aus der Hand.

Sie lächelte geheimnisvoll. »Viel besser.«

Da ja für mich das Verlieben an erster Stelle stand, konnte ich mir schwer vorstellen, was noch »besser« sein könnte. »Was denn?«, fragte ich.

»Ich sag nur ein Wort: Wonderbra. Meine Tante hat mir einen gekauft.«

Ich stöhnte. »Von dem Gedanken bist du echt besessen.«

Ihre grünen Augen funkelten. »Nicht mehr. Weil ich mich mit der kleinen Unterstützung doch eher wie ein weibliches Wesen fühle.«

Wir gingen den Flur hinunter, und ich sah sie von der Seite an. Für mich sah sie aus wie immer. »Ich will ja nichts sagen, aber ich merk keinen Unterschied.«

»Na ja, im Moment *trage* ich ihn ja auch nicht. Es war so warm heute Morgen, dass ich nicht noch was zusätzlich an meinem Körper haben wollte. Aber wenn's Herbst wird, du sollst mal sehen!«

Ich kicherte. Bei Ellen hörten sich selbst die albernsten Sachen ganz logisch an. Das war auch ein Grund, warum ich sie so mochte. »Dann machst du bestimmt Dolly Parton alle Ehre«, sagte ich.

Sie warf ihre langen Haare zurück. »Verlass dich drauf. In der Zwischenzeit solltest du Jane Austen wünschen, dass sie nie einen Füller in die Hand genommen hätte.«

Wir steuerten auf den Raum zu, in dem unser Schreibkurs sein sollte. Ellen und ich schrieben beide gern Gedichte und manchmal auch zusammen Geschichten, indem wir uns bei jedem Satz abwechselten.

»Bevor ich einen Preis für meine Hauptrolle in einem Broadway-Musical gewonnen habe oder danach?«

Die Tür zum Klassenzimmer stand offen, und Ms Heinsohn, unsere Lehrerin, stellte die Schreibtische zu einem großen Kreis zusammen. Als sie uns bemerkte, winkte sie uns hinein.

»Ellen, Delia. Schön, euch zu sehen. Ich hoffe, ihr opfert euch heute bei meiner ersten Aufgabe. Es ist immer so schwer, die Schüler dazu zu bringen, den anderen vorzulesen, was sie geschrieben haben.«

»Sehen Sie lieber nicht mich an«, sagte Ellen. »Ich lese nichts laut vor am ersten Tag.«

Ms Heinsohn wandte sich an mich. »Delia, kann ich mit dir rechnen?«

Ich zuckte mit den Schultern. Ich war mir nicht sicher, ob ich dazu bereit war. »Vielleicht«, sagte ich.

Ellen und ich setzten uns nebeneinander. Ich zog mein neues Lieblingsnotizbuch heraus (mit einem glänzenden schwarzen Umschlag und einem Kalender) und schrieb mit Tipp-Ex »Schreibkurs« auf die Vorderseite. Gerade als ich mir damit auch einen meiner rosa Fingernägel lackieren wollte, stieß Ellen mich an.

James Sutton schlenderte in die Klasse und kam auf unsere Seite hinüber. Mir stockte der Atem, und unabsichtlich legte ich eine Hand auf das Notizbuch mit dem noch feuchten Wort »Schreibkurs«.

Ich hatte mich total in James verliebt, seit ich ihn bei einer Talentshow gesehen hatte, gleich nachdem ich auf die High-School gekommen war. Mit seinen langen, vollen blonden Haaren, seinen nussbraunen Augen und den Grübchen in den Wangen war er eindeutig anders als die anderen Jungs. Jetzt war er Sänger in einer Band, den Radio Waves, und alle Mädchen waren auf ihn scharf. In den letzten drei Jahren war er in verschiedenen meiner Kurse gewesen, aber wir hatten kaum miteinander gesprochen. Er war ja mit Tanya Reed zusammen, einer schönen Cheerleaderin aus der Klasse über uns. Und selbst wenn er frei gewesen wäre, hätte ich bei ihm keine Chance gehabt. Er konnte sich mit fast jedem Mädchen auf der Schule verabreden.

Ellen beugte sich zu mir herüber. »Ich hab gehört, dass Tanya ihn sitzen gelassen hat, als sie aufs College abgegangen ist. Er ist solo.«

Ich zwang mich, ruhig zu bleiben. Ich brauchte mir keine Hoffnungen zu machen, dass James sich für mich interessieren würde. Ellens Neuigkeit hieß nur, dass er eine andere nehmen würde ... und nicht mich. Wohl kaum etwas, was einen vor Freude beben ließ. Und doch stützte ich mein Kinn auf eine Hand, sodass meine Finger den kleinen Pickel auf meiner linken Wange verdeckten – für den Fall, dass er mich ansehen sollte.

Sosehr mich der Schreibkurs auch interessierte, verbrachte ich doch die meiste Zeit damit, James heimliche Blicke zuzuwerfen. Und dass er auch in dem Kurs war, machte ihn noch geheimnisvoller und begehrenswerter. Vielleicht war er ja der nächste Ernest Hemingway! Er hatte seine Beine ausgestreckt – ich glaube, nie zuvor haben mich Jeans so fasziniert.

Nachdem Ms Heinsohn uns den Aufbau eines japanischen Haiku-Gedichtes erklärt hatte, gab sie uns fünfzehn Minuten Zeit, selbst eines zu schreiben. Ich schaffte es allerdings gerade mal, meinen Namen auf die Seite zu kritzeln. Ich nehme an, dass Ms Heinsohn bemerkt hat, wie zerstreut ich war und Mitleid mit mir hatte, weil sie Joe Scaglia bat, sein Gedicht vorzulesen.

Zwischendurch hatte Ellen mir einen Zettel zugeschoben, auf dem nur stand: »Wie geht's Cain?« Solange ich mich erinnern kann, ist Ellen unsterblich in Cain verliebt. Aber sie hat nie was angeschoben. Sie wusste ja von seinen ständigen Affären und hat deshalb wohl gedacht, dass er als fester Freund nicht unbedingt allererste Wahl ist. Außerdem hatte sie die kranke Theorie, dass Cain und ich füreinander »bestimmt« wären. Aber wenn ich ihr sagte, dass ich mit Cain nicht zusammen sein wollte, und wäre er der einzige Mann auf der Welt, sah sie mich oft einfach nur lächelnd an.

Kurz vor dem Klingeln gab uns Ms Heinsohn unsere Aufgabe für Freitag. Wir sollten ein Gedicht aussuchen, der Klasse vorlesen und dann sagen, was uns daran gefiel. Im Kopf ging ich eine Liste meiner Lieblingsgedichte durch und überlegte, warum sie mir so wichtig waren.

»Wir treffen uns dann zum Mittagessen«, rief ich Ellen hinterher, als sie zu ihrem Mathekurs ging.

Sie nickte, und ich stiefelte zu meinem Schließfach. Aber kaum war ich ein paar Schritte gegangen, als mich jemand fest am Oberarm packte. Im Nu schoss mir das ganze Blut ins Gesicht. Und obwohl er mich noch nie berührt hatte, wusste ich einfach, dass ich James gegenüberstehen würde, wenn ich mich umdrehte.

»Hallo, Delia. Wie geht's, wie steht's?« Er sah mich herzlich an, und ich hab gedacht, ich würde gleich in Ohnmacht fallen – wie eine von diesen Ladys aus der guten alten Zeit.

»Äh, gut. Mir geht's gut.« Was habe ich mich gehasst in dem Moment. James war wahrscheinlich ein klasse Gedichteschreiber, und ich brachte nicht mal einen klitzekleinen lyrischen Satz zustande.

Er trat einen Schritt näher, und ich merkte, wie ich auf den Armen Gänsehaut bekam. Ich wechselte ständig meine Bücher von einer Hand in die andere und versuchte, möglichst lässig auszusehen.

»Würdest du mir … ähm … einen Gefallen tun?«, fragte er.

Natürlich war ich mehr als gewillt, ihm einen Gefallen zu tun. »Klar«, sagte ich, »worum geht's denn?«

»Ich versteh nicht viel vom Schreiben. Ob du mir da vielleicht helfen könntest? Vielleicht kannst du mir sagen, was gut und was schlecht ist und so?« Er sah wirklich verlegen aus, und ich schmolz dahin.

»Kein Problem«, sagte ich. »Aber wenn Schreiben nicht gerade dein Ding ist, warum hast du dann den Kurs gewählt?«

Er verzog das Gesicht und deutete auf das Verwaltungsbüro. »Schwierigkeiten mit dem Stundenplan.«

Ich nickte. Auch wenn James also nicht der nächste Hemingway werden würde, änderte das nichts daran, dass er einer der bestaussehendsten Jungen war, die ich je gesehen habe. »Morgen nach der Schule in der Bücherei«, sagte ich, als wär die ganze Angelegenheit keine große Sache.

Er drückte leicht meinen Arm und ging dann in die andere Richtung davon. Ich sah, dass alle Mädchen ihm kurze Blicke zuwarfen, und ich musste wieder an die Wette mit Cain denken. Vielleicht brach ja eine neue Zeit an im Leben der Delia Byrne. Und mir war es völlig egal, ob das nun mit Planetenkonstellationen zu tun hatte oder mit einem Durcheinander im Verwaltungsbüro oder Schicksal war. James Sutton hatte mich gebeten, ihm bei den Hausaufgaben zu helfen.

Nach der Schule traf ich Cain, wie er gerade mal wieder am Sportplatz joggte. Er sagt immer, er würde da gern joggen, weil es so leicht wär, nachzurechnen, wie viel er gerannt ist. Aber ich glaube eher, dass er es macht, weil ihn alle Mädchen aus der Leichtathletikmannschaft dabei sehen.

Er wurde langsamer, als er mich sah. Ich grinste breit, denn es passierte nicht oft, dass ich Cain etwas erzählen konnte, was sich als Neuigkeit in meinem Liebesleben herausstellen würde.

»Hey, Delia.« Er legte mir eine Hand auf die Schulter und machte Dehnübungen. »Was gibt's Neues?«

»Na ja, ich bin zwar absolut sicher, dass es nichts bedeutet, aber James Sutton hat mich gebeten, ihm bei einer Hausaufgabe für unseren Schreibkurs zu helfen.« Ich konnte nicht über das Thema sprechen, ohne mich selbst schlecht zu machen, also wartete ich auf Cains Bestätigung, dass James' Bitte wirklich von Bedeutung war.

Aber Cain schwieg erst einmal. Dann hörte er mit seinen Übungen auf und sah mich an. »James Sutton? Erzähl mir bloß nicht, dass du was von dem Versager willst.«

Ich konnte nicht fassen, dass Cain James eben als Versager bezeichnet hatte. »Bitte?«, sagte ich mit erhobener Stimme. »James hat Talent und ist sexy und …«

Cain lachte. »Krieg dich wieder ein, Delia. Den Kopf von dem könntest du doch glatt als Lagerraum benutzen. Außerdem ist er seit der Pubertät mit dieser Tanya Hohlkopf zusammen.«

Ich schüttelte den Kopf. Ich werde nie kapieren, warum Männer unfähig sind zu verstehen, was andere Männer anziehend macht. »Nur zu deiner Information: Tanya ist jetzt auf dem College, weit, weit weg. James ist frei.«

»Na denn, du Glückliche.« Cain begann auf der Stelle zu hüpfen, und mir war klar, dass er zu dem Thema nichts mehr sagen wollte.

»Genau. Ich *Glückliche* – wenigstens einmal. Und wenn du mich jetzt entschuldigen würdest, ich muss zur Bücherei.« Ich habe ihm nicht gesagt, dass ich ein paar Gedichte aussuchen wollte, *bevor* ich mich mit James traf – Cain hatte noch nie verstanden, dass man sich vorbereiten musste.

Ich stolzierte mit erhobenem Kopf davon. Offensichtlich war Cain eifersüchtig. Für mich hatte die Wette gut angefangen, und er konnte sich ja bloß nicht mit dem Gedanken abfinden, dass er sie verlieren könnte. Ich rannte zum Auto und wirbelte dabei meinen Rucksack durch die Luft.

Um Mitternacht wälzte ich mich im Bett herum und dachte darüber nach, welches Gedicht James wohl am besten vorlesen könnte. Ich stellte mir vor, wie seine Augen leuchten würden, wenn er es las und er sofort verstand, warum ich es ausgesucht hatte. Er würde meine Hand nehmen und seinen Mund auf meinen pressen. Aber gerade, als ich mir vorstellte, wie er mich leidenschaftlich küsste, klingelte das Telefon neben meinem Bett. (Meine Eltern hatten mir zu meinem vierzehnten Geburtstag ein eigenes Telefon geschenkt.) Mein Herz machte einen Freudensprung. Gab es so etwas wie Telepathie zwischen James und mir?

»Hallo?«

»Ich bin's.« Ich kam mir vor wie ein Volltrottel. Ich rede zwar immer gern mit Cain, aber im Moment war er nicht unbedingt derjenige, dessen Stimme ich hören wollte.

Ich sah auf meinen Wecker. »Was gibt's? Es ist schon spät.«

»Ja. Und rate mal, was dein furchtbarer bester Freund dir erzählen will?«

»Hast du dich etwa verliebt?« Das wäre typisch für Cain, dass er in den acht Stunden, seit wir uns zuletzt gesehen hatten, schon ein Mädchen getroffen hatte, von dem er *annahm*, dass es die Richtige ist.

»Nein. Im vierten Programm läuft *Casablanca*.«

»Ich ruf dich zurück.« Ich legte auf, schnappte mir eine Decke und ging runter ins Wohnzimmer, wo sowohl ein

Fernseher wie auch ein Telefon steht. Da meine Eltern schon schliefen, machte ich kein Licht. Im bläulichen Schimmer des Fernsehers rief ich Cain an. Er nahm gleich nach dem ersten Klingeln ab.

»Humphrey Bogart hat sie gerade zum ersten Mal gesehen. Sie hört Sam am Klavier zu.«

»Ich weiß, Cain. Ich seh es auch.« Ich machte es mir auf unserer Couch gemütlich und presste den Hörer ans Ohr. Cain und ich haben schon manchmal zusammen Filme geguckt und dabei telefoniert, und auch wenn wir normalerweise nicht viel dabei sagen, mögen wir es, irgendwelche Bemerkungen machen zu können, wenn uns gerade danach ist. *Casablanca* war schon immer unser Lieblingsfilm.

Anderthalb Stunden später versuchte ich mein Schluchzen in der Decke zu ersticken, obwohl Cain wusste, dass ich immer an der Stelle heule, wenn klar wird, dass Ricks und Ilsas Liebe unweigerlich in die Brüche gehen wird.

»Delia, weinst du *wieder*? Du hast den Film bestimmt schon dreißigmal gesehen.«

»Ich weiß«, sagte ich und wischte mir die Augen. »Aber heute kommt er mir trauriger vor als sonst.« Ich flüsterte, weil ich meine Eltern nicht aufwecken wollte.

Cain lachte leise. »Du bist wirklich durch und durch romantisch, weißt du das?«

»Blödsinn! Ich werd eben nur leicht von solchen Filmen beeinflusst«, antwortete ich.

»Träum was Schönes, Delia.«

»Du auch, Cain.« Ich legte auf und machte den Fernseher aus. Als ich in mein Zimmer zurückschlich, fiel mir ein, dass ich überhaupt kein Gedicht für James ausgesucht hatte.

»Es heißt ›Ein Trinklied‹«, sagte ich zu James. »Weißt du, Yeats verwendet da eine Metapher fürs Weintrinken und Verliebtsein –«

Ich brach verlegen ab. Würde James jetzt etwa denken, dass ich das Gedicht absichtlich ausgesucht hatte und damit andeuten wollte, wir wären verliebt oder so was? Dann zuckte ich mit den Schultern. Die *meisten* Gedichte drehen sich um Liebe – er würde sicher nicht darauf kommen, dass ich Hintergedanken dabei hatte.

James lächelte mich an. »Die Heinsohn kriegt sich bestimmt überhaupt nicht mehr ein. Sie redet doch dauernd von Metaphern und Gleichnissen und wie der ganze Krempel heißt.«

»Ja, auf so was fährt sie total ab. Wir können ja vor der Stunde noch weiter drüber reden … wenn du möchtest.«

Er klappte das Buch zu und legte ganz kurz seine Hand auf mein Knie. Die Berührung ließ mich am ganzen Körper erbeben. »Du bist toll, Delia.«

Dann stand er auf. Ich beobachtete seinen Gang und wie die ausgeblichene Jeans seine schmale Hüfte betonte. Würde James mich je so betrachten wie Yeats die Frau in seinem Gedicht? Oder würde es überhaupt jemals ein Junge tun? Ich berührte mein Knie an der Stelle, wo James' Hand gewesen war, und dachte daran, was Cain wahrscheinlich sagen würde: »Du musst was dafür tun, Delia. Oder das ganze Leben spielt sich genau hinter dir ab.«

Und auch wenn Cain nicht viel von James hielt, war ich doch gerade dabei, seine Lebensphilosophie zu übernehmen. Ich hatte es satt, die Liebe immer nur von der Seitenlinie aus zu beobachten. Ach, ich habe wohl eindeutig zu viele Gedichte gelesen …

Kapitel 4

Cain

Donnerstag, 12. Oktober
21.00 Uhr

Wow. Sechs Wochen Schule sind vorbei, aber sie kommen mir eher so vor wie sechs Tage. Ich hab zwar noch keine richtige Verabredung mit Rebecca gehabt, aber schon ein paar Mal mit ihr geredet. Und gerade heute hatten wir ein wichtiges Gespräch.

»Gehst du morgen auch zum Footballspiel?«, hab ich sie beiläufig gefragt.

»Was soll ich denn da?«, fragte sie.

Ich zuckte mit den Schultern. »Also, ich geh hin.«

Sie hat mich wieder auf die Art angelächelt, die mich immer dazu bringt, dass ich sie einfach nur nehmen und küssen möchte. »Na ja, dann sollte ich es mir wohl noch mal überlegen«, sagte sie.

Im Klassenzimmer kriegte ich dann zwar keinen Blick von ihr, aber ich hab das Gefühl, dass sie kommen wird. Ich glaub, morgen passiert's. Delia ist ziemlich in Panik, dass ich die Wette gewinne, aber das ist ihr Problem. Jedenfalls geht sie wegen James wie auf Wolken. Nur, weil sie ihm beim Schreibkurs hilft, meint sie, dass sie verknallt ist. Aber sie hat mir erzählt, dass die Gespräche mit James nicht gerade aufregend sind. Ich hab sie unabsichtlich-absichtlich in der Bücherei belauscht, und ich musste echt an mich halten, um nicht loszulachen:

Delia (zeigt auf das Buch in ihrer Hand): »Ich mag 1984. Du auch?«

James: »Ja. War 'n tolles Jahr. Damals bin ich noch wie irre Skateboard gefahren.«

Delia: »Ach, ich mein doch das Buch von George Orwell. Es ist ein Zukunftsroman.«

James: »Oh ja. Ich glaub, ich hab mal den Film im Fernsehen gesehen. Es ging um einen Computer namens Hal, stimmt's?«

Delia: »Aber sicher ...«

Wann wird sie endlich einsehen, dass 1. alles, was der Typ zu bieten hat, sein schmieriger Pferdeschwanz ist, auf den alle Mädchen abfahren, und er 2. immer noch von dieser Tanya träumt?

Ich sollte echt mal mit ihr reden. Delias Leben grenzt ans Mitleiderregende.

»Cain, langsam solltest du wirklich mal aufräumen hier drin«, sagte Delia, als wir Freitagabend auf den überfüllten Schulparkplatz fuhren.

»Wieso?« Ich suchte nach einem Parkplatz, der groß genug war für meinen 72er Oldsmobile.

»Es ist einfach eklig. Guck dir nur mal die Flasche hier an.« Sie hielt eine kleine Plastikflasche hoch und ließ mich hineinsehen. Grünlich-pelzige Flüssigkeit schwappte auf dem Boden. Dann sah sie vorwurfsvoll vor den Beifahrersitz. Ihre Füße standen auf einem Stapel alter Zeitungen, und außerdem lagen da noch dreckige T-Shirts und leere Coladosen herum.

»Du hast Recht. Warum machst du nicht den Wagen für mich sauber, als Bezahlung fürs Mitnehmen zum Footballspiel? Ich stell ihn dir sogar vor die Haustür, um es dir ganz einfach zu machen.«

Ich bugsierte den Oldsmobile zwischen einen kleinen Toyota und einen Fiat, und Delia löste den Sicherheitsgurt. »Na danke, ist ja 'n tolles Angebot. Wahrscheinlich würde ich als Opfer irgendwelcher Giftstoffe im Krankenhaus landen.«

Wir knallten die Türen zu und gingen zum Spielfeld. Es schien, als seien alle Jefferson-Schüler aus der Umgebung – ehemalige, gegenwärtige und sogar zukünftige – aufgekreuzt, um das erste Spiel der Raiders in dieser Saison zu sehen.

Wir drängelten uns durch einen Haufen von Leuten, die neben der Tribüne rumhingen, und gingen ganz nach oben, wo bereits Ellen Frazier und Mike Feldman saßen.

»Hey, ihr zwei!«, rief Delia. »Habt ihr die richtige Raiders-Stimmung mitgebracht?«

Ellen schnitt eine Grimasse. »Klar. Ich kann's gar nicht erwarten, bis die Cheerleader anfangen. Amanda sieht immer so süß aus dabei.«

»Na, was für ein Zufall. Find ich auch«, sagte Mike und zuckte mit den Augenbrauen.

»Warum gehen wir eigentlich immer wieder zu solchen Sachen?«, fragte Delia Ellen, als sie sich neben mich setzte.

»Ja wohl nicht, weil uns Football sonderlich interessiert, oder was meinst du?«

»Aus demselben Grund wie alle anderen Mädchen auch«, sagte Ellen. »Wir hoffen, hier unsere einzige wahre Liebe zu treffen.«

Ich blendete mich aus ihrer Unterhaltung aus und suchte die Tribüne ab. Und obwohl ich zwar nicht annahm, dass Rebecca wirklich gekommen war, hatte ich doch die stille Hoffnung, ihre blonden Haare und die blauen Augen in der Menge zu entdecken ... Rebecca und ich hatten uns in dieser Woche jeden Tag unterhalten. Sie hat mich dann immer total sexy angelächelt, ihre Haare auf provozierende Art zurückgeworfen und mich mit Blicken angesehen, die nur für mich bestimmt schienen. Aber nach der Stunde war sie immer schnell verschwunden, und ich hatte keine Möglichkeit, sie nach einer Verabredung zu fragen. Aber ich wusste, dass meine Chance kommen würde. Immer, wenn sie in die Klasse kam, wusste ich, dass ich nicht ruhen würde, bis ich sie geküsst hatte.

Ich entdeckte Rebecca auf der anderen Seite der Tribüne. Sie saß allein und hielt ein Programm in den Händen. Mein Herz schlug mir bis zum Hals. Selbst aus der großen Entfernung sah sie umwerfend aus in ihrem Overall und dem engen schwarzen T-Shirt. Und das Beste war, sie war allein. Mir wurde heiß.

Als ich aufstand, zupfte mich Delia hinten an der Hose. »Wo willst du denn hin? Wir sollten hier bleiben.«

»Andrew ist da drüben«, sagte ich und zeigte undeutlich in Richtung der Getränkebude, die auf der anderen Seite des Spielfeldes stand. »Ich geh mal rüber, um zu sehen, was mit ihm los ist.« Ich hatte keine Lust, bei den dreien hier rumzuhängen, während gleichzeitig dort drüben *sie* auf mich wartete. Aber ich war auch nicht ganz sicher, wie Rebecca reagieren würde, und falls ich zurückkommen müsste, wollte ich nicht den ganzen Abend ihre blöden Bemerkungen dazu hören.

Ich ging also die Tribüne hinunter und schielte dabei immer mit einem Auge hinüber zu Rebecca. Für den Fall, dass Delia mich beobachtete, ging ich Richtung Getränkebude und stellte mich kurz in die Schlange. Ich warf einen Blick auf die Anzeigetafel. Die Raiders führten 7 : 0, und ich hatte bei dem Spiel noch nicht eine Minute wirklich zugesehen. Dann trottete ich zurück zur Tribüne und machte mich auf den Weg zu Rebecca.

Jetzt sah sie noch besser aus als morgens in der Schule. Ihre Haare fielen glatt auf die Schultern und glänzten seiden im Scheinwerferlicht. Als sie mich kommen sah, lächelte sie und rückte etwas zur Seite.

»Sugar-Cain. Was ist los?«, sagte sie. Früher hatten mich die Leute oft so genannt, wenn sie einen Witz machen wollten. Mir lief es dabei immer kalt über den Rücken. Aber wenn Rebecca es sagte, wurde mir sogar bei dem blöden Spitznamen warm ums Herz.

»Nicht viel. Ich tu nur so, als würde ich dem Spiel zugucken.«

Als ich mich neben sie setzte, richtete ich es so ein, dass unsere Knie sich berührten. Und obwohl nur Stoff auf Stoff traf, war es wie ein elektrischer Schlag, der mir durchs ganze Bein ging.

Rebecca sah aufs Spielfeld und seufzte. »An sich wollte ich heute Abend zu Hause bleiben, aber es war so einsam. Dann hätte ich doch nur wieder David Letterman oder *Friday Night Videos* geguckt.«

Ich nickte und konnte mein Glück kaum fassen. Rebecca suchte offensichtlich jemanden, mit dem sie die Zeit verbringen konnte. Wahrscheinlich war sie schüchtern und sensibel und verschwand deshalb immer so schnell nach dem Unterricht. »Keine Sorge, Rebecca. Betrachte mich als deinen persönlichen Führer durch die Freitagnacht.«

Sie kicherte und rückte ein bisschen näher. »Ich hab von ein paar Mädchen gehört, dass nach dem Spiel eine Party bei Patrick Mayor steigt«, sagte sie.

Innerlich seufzte nun ich. Ich hatte gedacht, dass wir vielleicht irgendwo eine Pizza essen und dann aus der Stadt rausfahren würden. Patrick war ein berüchtigter Footballspieler. Aber wenn Rebecca sich unbedingt ins Getümmel stürzen wollte, dann konnte ich ihr ja schlecht sagen, dass mir ihr Wunsch nicht Befehl war. »Klasse«, sagte ich. »Ich werd ein paar Freunde zusammentrommeln und sie bitten mitzukommen. Da kannst du einen Haufen Leute kennen lernen.«

»Wer sind denn deine Freunde?«, fragte sie.

»Na ja, du kennst ja Andrew Rice. Er ist bei uns in der Klasse.«

»Richtig. Er spielt Fußball.«

Ich nickte und war überrascht, dass sie das wusste. Er

musste es bei Rebecca probiert haben, als ich nicht dabei war. Typisch. »Ja, er ist Stürmer.«

»Und wer noch?« Sie sah mich erwartungsvoll an. Sie hatte die längsten Wimpern, die ich je gesehen habe.

Ich zögerte einen Moment. Ich wollte ihr nur ungern von Delia erzählen. Viele Leute verstanden unsere Freundschaft völlig falsch, und ich wollte Rebecca nicht auf eine falsche Fährte locken. Aber wenn ich ihr nichts von Delia erzählte und sie herausfinden würde, dass wir eng befreundet waren, wäre es noch verwickelter. Also riskierte ich es und bemühte mich, meine Stimme möglichst beiläufig klingen zu lassen. »Delia Byrne ist meine beste Freundin. Sie sitzt da drüben mit ein paar anderen Freunden.«

Rebecca linste hinüber. »Ist sie nicht bei den Cheerleaderinnen?«

Ich musste lachte. Der Gedanke war so abwegig wie der, dass ich Cheerleader sei. Delia gehörte nicht zu den Mädchen, die Spaß daran hatten, in einem kurzen Rock das Publikum anzuheizen. Sie saß lieber auf der Tribüne und gab zynische Kommentare über das banale High-School-Leben ab. Ich schüttelte den Kopf. »Nein. Aber sie ist Tänzerin. Im Sommer hat sie Jazzdance unterrichtet.«

Rebecca rümpfte die Nase. »Ach – wie schön«, sagte sie. »Aber genug von Delia. Erzählen Sie mir mehr von sich, Ms Foster.«

Rebecca schwieg einen Moment, als müsse sie ihre Gedanken ordnen. »Lass mich mal überlegen. Dass ich aus New York komme, hab ich dir erzählt.«

»Ja.« Eine Haarsträhne, die ihr ins Gesicht hing, lenkte

mich so ab, dass ich ihr gar nicht richtig zuhörte. Ich konnte nicht anders, ich musste sie ihr einfach hinters Ohr zurückstreichen.

»Hab ich dir erzählt, dass meine Eltern mit uns hierher gezogen sind, weil sie wollten, dass mein kleiner Bruder und ich mal in den Genuss des kleinstädtischen Lebens kommen sollten?«

»Ja.« Ich dachte daran, wie seidig sich ihr Haar in meiner Hand angefühlt hatte. Sie hatte auf meine Geste nicht reagiert. Das war schon mal viel versprechend.

»Und hab ich dir auch erzählt, dass du süß bist?« Sie kaute auf ihrer Lippe herum und sah mich mit ihren langen Wimpern an.

Im ersten Moment war ich zu überrascht, um etwas sagen zu können. »Nein, das hast du mir nicht erzählt«, sagte ich, als ich endlich meine Sprache wieder gefunden hatte.

Sie zuckte mit den Schultern. »Erinner mich auf der Party dran, dann werd ich's dir sagen.«

Ich grinste und stellte mir vor, wie Delia mit blonden, abgeschnittenen Haaren in die Schule marschierte. Ich war auf der Siegerstraße.

Das Endergebnis war 21 : 7. Die Raiders hatten toll gespielt, und jetzt strömten die Fans aufs Spielfeld, um sie zu feiern. Ich nahm Rebecca bei der Hand, als wir uns durch die Menge drängelten. Delia konnte zwar sicher auch mit Mike und Ellen nach Hause fahren, aber falls sie doch auf mich wartete, wollte ich sie nicht im Stich lassen.

Aber ich konnte sie nirgends entdecken, selbst als wir das Spielfeld einmal umrundet hatten. Rebecca schien von unserem Rundgang nicht gerade erbaut, sodass ich mir schließlich sagte, dass Delia schon klarkommen würde.

»Können wir kurz bei mir vorbeifahren? Ich würd mich gern umziehen«, sagte Rebecca, als wir zu meinem Auto gingen.

»Du siehst doch schon toll aus«, sagte ich und bewunderte ihr Aussehen bestimmt zum hundertsten Mal.

»Danke, aber weil ich da niemanden kenne, fühl ich mich besser, wenn ich nicht so schlampig rumlaufe.« Damit beendete sie das Gespräch.

Auf dem Weg zu ihr dachte ich, dass sie ja wohl, wenn sie jetzt schlampig aussah, nach dem Umziehen dann Anwärterin für die Miss America wäre.

Zwanzig Minuten später saß ich bei Fosters im Wohnzimmer auf der Couch und wartete auf sie. Ihre Eltern waren nicht da, und das Haus war totenstill. Die Fosters hatten ein großes Haus im Tudor-Stil. Das Wohnzimmer war sehr geräumig und hatte hohe Decken und große Glastüren. Auf dem Boden lag ein cremefarbener Teppichboden, und an den Wänden hingen etliche Gemälde.

»Wenn mein kleiner Bruder so weitermacht, schafft er den Teppich noch völlig«, hörte ich Rebecca ein paar Minuten später hinter mir sagen. Sie stand in der Wohnzimmertür – und sah zum Abheben aus. Sie hatte ein kurzes rotes Kleid mit einem tiefen Ausschnitt an. Die Spagettiträger waren so dünn, dass sie jeden Moment zu reißen drohten. Ich atmete ein paar Mal tief durch.

»Tschüss, Schlampigkeit«, sagte ich.

Sie drehte sich elegant einmal um sich selbst und nahm dann meinen Arm. »Ich nehm das mal als Kompliment«, sagte sie.

»So war's auch gemeint.«

Als wir zu meinem Auto gingen, klackten ihre Schuhe leise auf dem Bürgersteig. Jeder ihrer Schritte hörte sich an wie ein Versprechen, und trotz des für diese Jahreszeit ungewöhnlich warmen Abends zitterte ich.

Bei Patrick dann war alles voll geparkt. Wir stellten den Wagen mehr als zehn Häuser weiter unten ab und folgten einem Strom von Mitschülern zu seinem Haus.

Die Musik dröhnte durch die Straße. Rebecca umschloss meine Hand fester, und ich drückte sie sanft. Ich konnte mir vorstellen, dass sie ziemlich nervös war, weil sie ja niemanden kannte.

Plötzlich peste Andrew aus dem Haus. Ein kreischendes Mädchen mit einer Wasserpistole in der Hand folgte ihm. »Warte nur, ich krieg dich schon«, schrie sie und bespritzte ihn.

Andrew versteckte sich hinter mir und benutzte mich als Schild. »Das hier ist neutrales Gebiet«, rief er zurück. »Cain ist die Schweiz.«

Das Mädchen, das ich jetzt als Carrie Starks erkannte (Nummer zwölf auf Andrews Wunschliste), nahm ihre Wasserpistole herunter. »Gut«, sagte sie. »Aber ich warte drin auf dich.«

Andrew kam hinter mir hervor und schlug mir auf die Schulter. »Geile Party, oder?«

Ich nickte und schüttelte gleichzeitig den Kopf. »Na ja, eine Party ist es.«

Andrew beugte sich zu einem seiner Schnürsenkel hinunter. »Hey, wo warst du denn während des Spiels? Delia hat gesagt, du wolltest zu mir, um mit mir zu reden, aber dann bist du nicht zurückgekommen. Und als ich ihr sagte, dass ich dich den ganzen Abend nicht gesehen hab, sah sie plötzlich leicht meschugge aus und murmelte irgendwas von 'ner Wette.«

Sofort fühlte ich mich schuldig, Delia hängen gelassen zu haben. Aber ich musste mir deswegen auch nicht allzu viel Sorgen machen. Ich würde sie morgen anrufen und mich entschuldigen. Anstatt seine Frage zu beantworten, wandte ich mich zu Rebecca. »Andrew, du kennst doch Rebecca.«

Andrew schaute von seinem Schuh auf und bemerkte sie erst jetzt. »Natürlich. Und jeder, der einen Narren aus Mr Maughn machen will, ist mein Freund.«

Rebecca hatte Mr Maughn fast jeden Tag in dieser Woche nervös gemacht. Und zweimal hatte er sich total widersprochen, als er mit ihr diskutierte.

Andrew verbeugte sich tief vor Rebecca und küsste dann ihre Hand.

»Ich hab das nicht mit Absicht gemacht«, gestand sie. »Aber irgendwie sagt der immer zur falschen Zeit das Falsche.«

Andrew und ich lachten. Erzähl mir einer was von Untertreibung!

»Egal, Delia ist schon drin«, sagte Andrew. »Sie und Ellen mischen die Party auf.«

»Echt?« Ich weiß nicht, warum ich so überrascht war, dass sie auf der Party war. Wahrscheinlich lag es daran, dass ich sie sonst förmlich überall mit hinschleifen musste. Meistens war sie auf Partys gereizt und nervte mich schon nach einer halben Stunde, sie wieder nach Hause zu fahren.

»Ja, Alter. Prüf's doch nach.« Andrew spurtete ins Haus und grüßte dabei jeden, an dem er vorbeikam.

Als wir ihm folgten, stellte ich allen, denen wir begegneten, Rebecca kurz vor und erzählte ihr über jeden ein bisschen. Sie schien jedes Wort in sich aufzusaugen, nickte und starrte jeden an, über den ich gerade was sagte.

Rebecca ging mit mir schnurstracks zum Wohnzimmer, aus dem die Musik kam. Der Teppich war aufgerollt und Couch und Sessel waren an die Seite geräumt.

Gerade als wir reinkamen, fing ein neues Lied an. Ein Uraltsong von Elton John dröhnte aus den Lautsprechern – sofort nahm ich Rebecca in den Arm. Ich merkte, sie fuhr darauf ab, dass sie hier war, und ich legte meinen Arm fester um ihre Taille.

Und dann blieb mir der Mund offen stehen. Delia tanzte direkt neben uns – fast Schulter an Schulter.

Sie hatte die Augen geschlossen und ihren Kopf gegen James' Schulter gepresst. Es hätte mich nicht stärker umwerfen können, wenn gerade ein Elefant zur Tür reingekommen wäre. Delia war überhaupt nicht der Typ, auf einer Party durch so enges Tanzen aufzufallen (na ja, eigentlich standen sie im Grunde nur herum und umarmten sich).

Als sie die Augen aufmachte, sah sie mich. Ich starrte sie an. Ich hatte erwartet, dass sie überrascht sein und sich von

James lösen würde, aber nein. Sie nickte mir nur zu und hielt einen Daumen hoch.

»Hi, Cain«, sagte sie und hörte sich unheimlich stolz an – als wär mit James zu tanzen in etwa das gleiche wie die Verleihung des Friedensnobelpreises.

»Hi«, antwortete ich.

»Was ist los, Cain?«, fragte James und stieß mich leicht in den Rücken. »Wer ist deine neue Freundin?«

»Äh, hallo«, antwortete ich.

Mir fiel in dem Moment einfach Rebeccas Name nicht ein. Aber es machte nichts, weil Delia gleich lossprudelte. »Rebecca, stimmt's? Ich bin Delia, und das ist James.«

Ich sah, wie Delia James noch fester umarmte, als wolle sie nicht, dass Rebecca auf irgendwelche Gedanken käme.

»Hi, James«, antwortete Rebecca. Zu Delia sagte sie nichts.

Dann gab's eine lange Pause, die ich verzweifelt zu füllen suchte. »Vielleicht sehen wir uns ja später noch«, sagte ich und lotste Rebecca weg.

»Ja, vielleicht«, sagte Delia. Aber sie sah mich dabei nicht an. Sie hatte nur Augen für James, und plötzlich hatte ich das Gefühl, dass etwas Entscheidendes passiert war – als sei Delia mir entglitten.

Ich streifte leicht mit meinem Kinn Rebeccas Haar und stellte mir dabei vor, mit dem Wort *Verlierer* auf meinem Kopf herumlaufen zu müssen.

Nicht gerade toll, die Vorstellung.

Am Sonntagabend telefonierte ich mit Delia. »Und, wie ist sie denn so, die reizende Rebecca?«, fragte sie, kaum dass ich den Hörer in der Hand hatte.

»Reizend«, antwortete ich trocken. Ich wartete eigentlich nur darauf, dass sie irgendwas dazu sagen würde, was für eine Idiotin sie war, weil sie sich so an diesen James rangeschmissen hatte.

»War das nicht Wahnsinn am Freitag?«

»Wahnsinn«, sagte ich. Sie reagierte nicht auf meine Signale.

»Zu blöd, dass Rebecca nicht dein Typ ist. Und umgekehrt. Schätze, ich lieg bei unserer Partnersuche leicht vorn.«

»Wieso?«, rief ich. Jetzt ärgerte sie mich wirklich. »Und warum bin ich nicht Rebeccas Typ?«

»Hast du nicht gesehen, wie sie James ständig belauert hat? Ich hoff nur, dass James nicht anbeißt. Sie ist wirklich hübsch.«

»Nun halt mal die Luft an. Rebecca würde nie und nimmer mit James losziehen. Gegen mich kommt der doch nicht an.« Stimmt doch, oder?

Delia lachte. »Entschuldige, ich hab ganz vergessen, mit wem ich spreche. Du bist natürlich der tollste Typ auf der Welt.«

»Das kannst du dir sparen«, sagte ich verletzt.

Delia schwieg einen Moment. »Ich mein es ernst, Cain. Du bist der Beste. Ich brauch mir ja nur anzugucken, wen du dir als beste Freundin ausgesucht hast, um das zu wissen.«

Und wie immer konnte ich auf Delia nicht sauer sein. »Träum schön, Delia.«

»Du auch, Cain«, antwortete sie.

Als ich auflegte, lächelte ich. Delia Byrne war schon eine vom selben Schlag – Gott sei Dank.

Kapitel 5

Delia

Mittwoch, 18. Oktober

Ja, ja, ja! Heute war so ein toller Tag, dass ich gar nicht weiß, wie ich einschlafen soll. Aber erst muss ich doch sagen, dass ich bei James kaum Fortschritte gemacht hatte, bis ich dann mit ihm auf Patricks Party getanzt habe. Vorher war's geradezu trostlos.

Beispiel: Nach ein paar Wochen, in denen ich ihm bei den Hausaufgaben geholfen hatte, starrte ich ihn über ein Buch mit Gedichten von Wallace Stevens an.

Als er es merkte, fragte er: »Was ist denn? Hab ich was im Gesicht?«

Ich konnte mich nicht zurückhalten und platzte los: »Ach, ich hab gerade vom Wochenende geträumt. Was machst du denn Samstagabend?« Gar nicht schlecht, oder? Falsch.

»Ich probe mit der Band«, antwortete er.

»Oh«, sagte ich. Dann beschäftigte ich mich wieder mit Wallace Stevens.

»Und mit wem bist du verabredet?«, fragte er mich gleich darauf.

»Ich?«, japste ich.

»Ja. Du hast doch gesagt, dass du vom Wochenende ge-

träumt hast. Also schätz ich, dass du was vorhast – jedenfalls träum ich normalerweise davon.«

»Hmm. Niemand, den du kennst«, antwortete ich leise. So viel zum Thema zarte Andeutungen.

Eine Woche später fragte er mich, wie's denn so gelaufen sei mit meiner tollen Verabredung, und ich lächelte geheimnisvoll (hoffe ich) und sagte, dass es nicht geklappt habe. Er hat zwar nichts gesagt, aber sein Blick machte mich wütend. Ein paar Minuten später sagte er: »Irgendwie bist du anders geworden, Delia. Du warst immer eher so ein Kumpel, aber jetzt bist du … ich weiß nicht … mehr so eine Frau …« Dann schlenderte er aus der Bibliothek, völlig ohne jeden Schimmer, wie mir zumute war.

Aber heute, nach dem Schreibkurs, hat er meine Hand genommen und mich in ein leeres Klassenzimmer gezogen. Er hat mich in die Arme genommen und angefangen, mit mir zu tanzen, genau wie auf der Party. Dann hörte er plötzlich auf und sagte – wortwörtlich: »Wie wär's, wenn wir Samstag etwas Musik machen würden?«

Ich geb ja zu, dass es nicht gerade originell war, aber was soll's? Hauptsache, er hat mich nach einem Treffen gefragt. Natürlich hab ich gestottert, als ich es Cain erzählte, und er hat sich lustig über mich gemacht. Na und? Ich muss bloß noch bis Samstag durchhalten …

Habt ihr schon mal bemerkt, dass das Leben mal schneller und mal langsamer verläuft und dabei auf jede Logik pfeift? Die ersten drei Jahre an der High-School waren so dahingekrochen, als wär die Zeit ein mittelalterliches Folterinstrument. Jede Klasse schien im nächsten Jahrhundert zu enden. Die Freitagabende schleppten sich dahin, und die Samstagnachmittage waren wie Knast in der Bücherei.

Aber jetzt hatte sich alles geändert. In den ersten paar Oktoberwochen hatte mein Leben ein Schwindel erregendes Tempo erreicht. Ich war in James verknallt, dann die Treffen mit Cain, Schule und Mengen von Hausaufgaben – es kam mir so vor, als sei ich vierundzwanzig Stunden am Tag in Bewegung. Und ich stellte auch fest, dass meine Augen mit ein bisschen Make-up ausdrucksvoller waren, so wie Cain es immer gesagt hatte. Außerdem jobbte ich noch nach der Schule ein paar Tage in der Woche als Babysitterin.

Am Donnerstagmorgen wachte ich schon auf, bevor der Wecker klingelte. Im Dämmerlicht stolperte ich zu meinem Schreibtisch und sah auf meinen fast leeren Wandkalender. Mit einem alten, duftenden Marker (Himbeere, um genau zu sein) machte ich einen Kreis um den 21. Oktober. Nicht, dass ich dachte, ich könnte vergessen, wann ich mit James verabredet war – ich wollte den Tag einfach gegenüber den anderen hervorheben.

Und als der Samstag dann endlich da war (irgendwie hatte ich erwartet, dass bis zum Wochenende die Welt untergehen würde), spielte mein Magen verrückt. Um sechs schloss ich mich im Badezimmer ein, weil mir schlecht war. So viel zum Thema Coolheit.

Danach starrte ich auf das rot umrandete Datum im Kalender. Natürlich wäre für mich immer unser erstes Treffen in der Bücherei unser wirklicher Jahrestag. Denn von da an war ich ja sicher gewesen (na ja, fast), dass ich die Wette gewinnen würde. Cain würde Rebecca in ein paar Monaten satt haben, aber ich hatte meine große Liebe gefunden.

Um acht sah ich mich im Spiegel an. Ich trug ein kurzes schwarzes Kleid und schwarze Schuhe mit flachen Absätzen. Die Haare fluteten um meinen Kopf, und ich hatte dunkelroten Lippenstift aufgelegt. Als ich draußen eine Hupe hörte, schnappte ich mir mein Portmonee und rannte die Treppen hinunter.

»Tschüss«, rief ich meinen Eltern zu, die im Wohnzimmer vor dem Fernseher saßen.

»Cain kommt doch immer zur Tür«, rief meine Mutter.

»Ach, Cain«, rief ich zurück.

James wartete in seinem roten Jeep. Trotz des kühlen Wetters hatte er das Verdeck aufgemacht, und der Fahrtwind hatte ein paar Strähnen von seinem Pferdeschwanz gelockert. Er sah atemberaubend aus, und im allerersten Moment konnte ich gar nicht glauben, dass wir beide verabredet waren.

Er beugte sich herüber und machte lächelnd die Beifahrertür auf. Ich kletterte hinein und war kurz vorm Durchdrehen. Wir waren vorher noch nie allein, sondern immer nur unter anderen Menschen zusammen gewesen. Als ich neben ihm saß und ihm dabei zusah, wie er den Schalthebel in die Hand nahm, kam es mir so vor, als wären wir die einzigen beiden Menschen auf der Welt.

»Ich hab gedacht, wir fahren zu Jons Pizzeria«, sagte er, während ich versuchte, mit zittrigen Händen den Sicherheitsgurt umzulegen.

»Hört sich gut an«, antwortete ich leise.

Ein paar Minuten sagten wir beide nichts. Über uns blinkten schon die Sterne. Ich sah hinauf zum Mond. *Heller Mond, guter Mond … lass mich meine Wette mit Cain gewinnen. Ich bin bereit, mich zu verlieben,* dachte ich. Ich schloss die Augen und stellte mir den Mond vor.

Als ich meine Augen wieder aufmachte, sah James mich amüsiert an. »Ich hebe mein Glas zum Munde«, sagte James. »Und blicke dich seufzend an.«

Mein Herz schlug schneller. James hatte gerade zwei Zeilen aus dem »Trinklied« von William Butler Yeats zitiert, aus dem Gedicht, bei dem ich ihm vor Wochen geholfen hatte. Seine Stimme war tief und rau und jagte mir einen Schauer über den Rücken.

In Jons Pizzeria gab es die besten, im Ziegelofen gebackenen Pizzas, und es war ein beliebter Ort für Verabredungen. Ich war da schon x-mal mit Cain und Ellen und immer neidisch auf die Pärchen gewesen, die rundherum an den Tischen saßen. Ich strahlte, als ich mit James hineinging. Jedes Mädchen würde uns anstarren und sich wünschen, an meiner Stelle zu sein.

James legte eine Hand auf meinen Rücken, als wir zu einem Ecktisch gingen. Sogar durch den Stoff spürte ich die Wärme seiner Hand.

»Ich mag Pepperoni«, sagte James, als wir uns setzten.

Ich sah in die Speisekarte. Cain und ich hatten immer Pizzas mit verschiedenen Zutaten bestellt. Unser Favorit war Aubergine, Speck und Champignons. »Ich auch«, sagte ich.

James lehnte sich zurück und faltete die Hände auf dem Tisch. Weil ich unsicher war, was ich sagen sollte, tat ich dasselbe. Plötzlich beugte er sich vor. »Läuft was zwischen dir und Cain?«, fragte er.

Ich erstarrte. »Was?«

»Du und Cain. Jeder an der Schule weiß doch, dass ihr ewig zusammenhängt.«

Ich musste lachen. Cain hatte allein in den letzten zwei Jahren mehr als zwanzig Freundinnen gehabt. Dachte James etwa, dass ich so eine sei, die mal eben ihren Freund beiseite legt und sich mit einem anderen verabredet? »Cain hat eine Menge Freundinnen, aber ich gehöre nicht dazu. Wir sind einfach nur so befreundet.«

James gab unsere Bestellung auf und sah mich dann stirnrunzelnd an. »Ich glaube nicht, dass Männer und Frauen einfach nur so befreundet sein können«, sagte er. »Da gibt's immer diese … Spannung.«

»Nicht bei mir«, sagte ich schnell.

Ich wollte verzweifelt das Thema wechseln, war aber gleichzeitig auch neugierig, was andere über meine Freundschaft mit Cain dachten. Dachte denn wirklich jeder, dass ich in ihn verliebt wär? Und nahmen alle echt an, dass ich einfach ruhig zuguckte, während er dauernd mit einer anderen losschob? Keine so tolle Vorstellung. Ich hatte mich immer als eine betrachtet, die sich nicht mit dem zweiten Platz zufrieden gibt. Aber vielleicht sahen andere mich ja gar nicht so. Vielleicht hielten sie mich ja auch bloß für irgendein Dummchen.

»Na ja, eins weiß ich«, sagte James und nahm meine Hand.

»Was?« Meine Gedanken an Cain waren wie weggeblasen, als ich seine Hand spürte, die meine fest umschloss.

»Wir könnten niemals nur einfach so befreundet sein.« Seine Augen funkelten, und seine roten Lippen sahen unwiderstehlich aus.

»Warum nicht?«, flüsterte ich.

»Weil ich mir immer wünschen würde, dich zu küssen, so wie jetzt.«

Genau in dem Moment brachte die Bedienung unsere Getränke an den Tisch. Das nahm zwar die Spannung zwischen uns, aber ich fühlte deutlich, dass meine Wangen glühten. Ich war mir nicht sicher, ob ich James immer richtig verstand. Einerseits hatte ich kaum gewagt, von diesem Moment zu träumen. Andererseits kam er mir total unwirklich vor. Ich hatte immer gedacht, dass Verlieben so wär wie ... na ja ... ungefähr so wie eine Achterbahnfahrt. Ich hatte mir poetische Liebesbriefe und schmachtende Blicke vorgestellt. Aber ohne mich wirklich zu kennen, war James dabei, unglaublich loszulegen. Meinte er wirklich, was er sagte?

Ein paar Minuten später stellte die Bedienung unsere Pizzas vor uns auf den Tisch. Und während ich James zusah, wie er ein Stück Pizza zusammenklappte und einen großen Bissen nahm, quälte mich ein Gedanke. Wenn er wirklich so toll war, wie ich dachte, warum wollte er dann mich? Schließlich wollte das doch sonst niemand.

Und obwohl ich immer noch ein flaues Gefühl im Magen hatte, aß ich auch ein Stück Pizza. James starrte mich dabei an, sodass ich mich prompt verschluckte und kaum noch atmen konnte. Ich hustete und trank einen großen Schluck Cola. Wenn ich je auf James anziehend gewirkt hatte, so hatte ich jetzt meine Chancen völlig verspielt. Aber ich fand den Gedanken auch aufregend. Herausforderungen waren schon immer was für mich.

»Und was hältst du jetzt von dem Schreibkurs?«, fragte ich, um das Gesprächsthema zu wechseln.

»Schreiben ist eigentlich total cool«, antwortete James.

»Findest du?«

»Ja. Ich glaube, ich werd mal ein paar Texte für unsere Band schreiben. Normalerweise macht das Mark, aber seine Texte sind ziemlich blöd.« Er kaute wieder an einem Stück Pizza herum und schnappte sich eine Serviette.

»Das ist ja toll. Ich würd deine Texte gern mal irgendwann lesen – wenn du willst, mein ich.«

»Vielleicht schreib ich ja ein Lied über dich.«

Ich spürte, wie ich wieder rot wurde. Ich starrte auf meine Pizza und konzentrierte mich aufs Essen. Ich war nicht besonders gut im Flirten, und wie sehr ich mein Gehirn auch marterte, mir fiel absolut nichts ein, was ich hätte antworten können.

James schien es nichts auszumachen, schweigend zu essen. Deshalb hörte ich den anderen Gesprächen im Restaurant zu. Wenn ich nervös bin, hilft es mir immer, wenn ich mich auf etwas anderes konzentriere. Es war ein Trick, den meine Mutter mir beigebracht hatte.

Ich hörte also zu, was die Leute am Tisch hinter uns

redeten. Die erste Stimme, die ich hörte, gehörte einem geschniegelt aussehenden Mädchen, das mir gleich aufgefallen war, als wir reinkamen.

»Mein Vater hat mir die Kreditkarte für den Rest des Monats weggenommen. Er ist ausgerastet, als ich letzte Woche mit einer neuen Lederjacke nach Hause kam. Er ist so gemein.«

Ich verdrehte die Augen. Wenn ich die Kreditkarte meines Vaters benutzen würde, hätte ich ein Jahr Stubenarrest.

»Wie unfair«, sagte der Typ, mit dem sie da war. »Weiß er denn nicht, dass man ohne die Karte praktisch nicht existiert?«

»Was soll ich machen? Er versteht nicht, was es heißt, jung zu sein. Vielleicht sollte ich ihn wegen unterlassener Hilfeleistung verklagen.«

Ich kicherte laut los. Die hörten sich an wie Figuren aus einem schlechten Film. Waren die wirklich echt?

»Hörst du auch den beiden zu?«, flüsterte ich James zu.

Er schüttelte den Kopf. »Worüber reden sie denn?«

Ich räusperte mich und stimmte mich auf meinen Reiches-Mädchen-Tonfall ein. Er war eine Kombination aus Mrs Howell aus *Gilligan's Island* und meiner Vorstellung davon, wie sich ein englischer Aristokrat anhören würde.

»Ach, es ist *sooo* furchtbar«, machte ich das Mädchen nach. »Mein Vater hat mir den Rolls-Royce weggenommen. Jetzt muss ich mit dem Golf fahren. Das ist *sooo* gemein.«

Ich lachte wieder.

James' Gesichtsausdruck war absolut leer. Als die beiden

wieder redeten, hörte ich auf zu sprechen. »Hör mal zu«, sagte ich und drehte meinen Kopf in ihre Richtung.

»Ich find's toll, wie sie den Country Club jetzt gemacht haben. Obwohl, die Mahagoni-Täfelung im Restaurant ist etwas übertrieben«, sagte das Mädchen.

Ich zwinkerte James zu, aber er sah mich nur an, als hätte ich sie nicht alle. Offensichtlich fand er meine Nachahmung nicht witzig. Ich seufzte. Wenn ich mit Cain hier gewesen wäre, hätten wir wahrscheinlich die ganze Zeit über die beiden nachgemacht – und uns dabei halb totgelacht.

Als ich James' ernstes Gesicht sah, wurde ich verlegen. Es war nicht sonderlich nett von mir, mich über andere Leute lustig zu machen. Wahrscheinlich war es für das Mädchen *wirklich* total tragisch, dass ihr Vater ihr die Kreditkarte weggenommen hatte.

James schob seinen leeren Teller beiseite. »Also, die Radio Waves werden wahrscheinlich bei einem unabhängigen Label unterschreiben. Nächstes Jahr um die Zeit könnten wir eine CD auf dem Markt haben.«

Ich war beeindruckt. Sofort sah ich mich als Freundin eines Rockstars. Ich dürfte hinter die Bühne, in großen Limousinen fahren und würde T-Shirts umsonst bekommen. »Echt? Würdest du mir deine Platte mal privat vorspielen?« Ich klimperte mit den Wimpern und lächelte ihn an.

Na also. Ich konnte ja doch flirten. Es fiel mir zwar nicht leicht, und ich kam mir auch ein bisschen bescheuert vor, aber ich lebte ja noch. Und vielleicht würde ich darin sogar eine Expertin werden, wenn James' CD herauskam.

Er tätschelte unter dem Tisch mein Knie. »Jederzeit, Delia. Jederzeit.«

Es war nach elf, als wir vor unserem Haus hielten. Nervös griff ich sofort zum Türgriff. Aber James legte eine Hand auf meinen Arm und hielt mich zurück.

»Du bist schon komisch, Delia«, flüsterte er. Komisch? Das war nicht das Wort, das ich hören wollte. »Aber ich glaube, ich könnte mich an dich gewöhnen.«

Dann beugte er sich herüber und küsste mich. Zunächst dachte ich nur: »Oh, Mann! Ich küsse wirklich *James Sutton.*« Aber dann entspannte ich mich ein bisschen und konzentrierte mich auf seine warmen, weichen Lippen. Ich war froh, dass wir saßen, weil meine Knie zitterten. Hätten wir gestanden, hätte ich garantiert das Gleichgewicht verloren.

Ich küsste ihn auch und versuchte nicht daran zu denken, dass meine Handflächen feucht waren und ich wahrscheinlich nach Pepperoni schmeckte. Dann löste er sich von mir, und ich flatterte total. »Träum was Schönes, Delia«, murmelte er.

Als ich zur Haustür ging, fiel mir ein, dass das sonst immer Cain zu mir sagt. Irgendwie klang es von einem Jungen ganz anders, der mich gerade geküsst hatte …

Am Sonntagmorgen ging ich rüber zu den Johnsons, ein paar Tage in der Woche passte ich auf Nina, ihre zehnjährige Tochter, auf. Sie war im Vorgarten und übte Tanzschritte. Seit sie mitbekommen hatte, dass ich anderen Tanzen beibrachte, war das für sie die absolute Nummer eins vor allem anderen. Gleich danach kam das Reden über die Jungen an ihrer Grundschule.

»Hey, Nina«, rief ich. »Wie kommst du mit den neuen Schritten klar, die ich dir am Donnerstag gezeigt hab?« Ich ließ mich ins Gras plumpsen. In der Nacht hatte ich die meiste Zeit wach gelegen und über den Abend mit James nachgedacht. Nun forderte der wenige Schlaf seinen Tribut.

»Super! Willst du's mal mit Musik sehen?« Sie hüpfte vor mir auf und ab und wartete auf meine Antwort.

»Klar, gern. Warum holst du nicht deinen Kassettenrekorder? Ich wart hier.« Ich schloss die Augen gegen die Sonne und war froh, dass es noch warm genug war, um draußen sein zu können.

Gleich darauf kam Nina mit ihren Eltern und dem Rekorder zurück. Während sie mir letzte Anweisungen für die nächsten Stunden gaben, spulte Nina das Band zurück, das ich für sie aufgenommen hatte.

Sie hatte mir bestimmt fünfzehnmal die Schrittfolge gezeigt, als Cain vor dem Haus hielt. Er besucht mich unheimlich gern bei den Johnsons, weil Nina ihn anhimmelt.

Nina brach mitten in einem Schritt ab und rannte zu ihm. »Willst du meinen neuen Tanz sehen, Cain?«, fragte sie.

Er setzte sich auf die Eingangsstufen. »Klar, will ich. Du glaubst doch wohl nicht, dass ich hergekommen bin, um Delia zu treffen, oder?«

Nina kicherte und spulte das Band wieder zurück. Ich setzte mich erleichtert neben Cain. Manchmal haben zehnjährige Mädchen mehr Energie, als ich vertragen kann.

»Und wie war die große Verabredung gestern?«, fragte Cain, als wir Nina zusahen, die selig auf dem Rasen vor sich hin tanzte.

»Wahnsinn.« Ich fragte mich, ob Cain mir wohl ansehen konnte, ob James mich geküsst hatte oder nicht. Ich schmeckte noch immer seine zarten Lippen.

»Bist du sicher, dass du das nicht bloß sagst, weil du unsere Wette gewinnen willst?« Er sah mich stirnrunzelnd an.

»Unsere blöde Wette ist das Letzte, woran ich im Moment denke.« Das war zwar gelogen, aber ich hatte es satt, dass Cain mich immer durchschaute.

»Und du findest nicht, dass James doch etwas langweilig ist?« Cain klatschte, als Nina mit ihrem Tanz fertig war und einen Knicks machte. »Zugabe!«, rief er.

Ich gab Nina ein Zeichen, dass sie noch einmal von vorn beginnen solle, und drehte mich dann zu Cain. »Nur zu deiner Information, die Radio Waves kriegen wahrscheinlich einen Plattenvertrag«, sagte ich verärgert.

Cain lächelte verächtlich. »Das erzählt James schon seit einem Jahr. Solche Typen haben genauso viel Chancen im Musikgeschäft wie ich. Und zweitens hast du die Frage nicht beantwortet. War er langweilig?«

»Er ist faszinierend. Und er findet mich faszinierend.«

»Das bezweifle ich nicht«, sagte Cain. »Nachdem er mit Tanya zusammen war, musst du ihm ja wie ein Intelligenzbolzen vorkommen.«

»Danke für das zweifelhafte Kompliment.« Ich verstand Cain nicht. Trotz unserer Wette hatte ich gedacht, er wäre froh, dass ich jemanden gefunden hatte. Damals am See draußen hatte er so getan, als wär ihm das überhaupt das Wichtigste auf der Welt.

»Tut mir Leid. Wirklich. Aber sag mir eins.«

»Was?«, fragte ich seufzend.

»Wie oft hat er im Spiegel seine Haare überprüft?«

Ich musste lachen. James war wirklich unheimlich eitel. Ich hatte ihn sogar dabei ertappt, wie er sich im Colaglas betrachtet hatte.

Cain machte James nach, wie er sich vor dem Spiegel zurechtmachte, und wir kriegten uns beide nicht mehr ein. Da hörte Nina auf zu tanzen, weil sie dachte, dass mit uns etwas nicht stimmte.

Ich brachte Cain zum Auto und ließ Nina ihre Sachen zusammenpacken, um ins Haus zu gehen und Mittag zu kochen. Wie immer war sie enttäuscht, dass Cain ging – sie gab gern vor ihm an.

»Im Ernst, wie sehr magst du James?«, fragte Cain. Er machte seine Tür auf und sah mich an.

Ich dachte kurz darüber nach. Nie im Leben hatte ich damit gerechnet, dass jemand wie James mir Zeit opfern würde, und noch weniger damit, dass er mein Freund werden würde. Ich hätte alles für eine Verabredung mit ihm gegeben. Und selbst wenn er mir das Herz brechen sollte, wäre ich noch scharf drauf. »Sehr«, sagte ich schließlich. »Vielleicht ist er ja derjenige welcher.«

Cain schüttelte den Kopf. »Na ja, noch hol ich nicht die

Rasierklinge raus für meine Haare. Noch kann eine Menge passieren bis zum Winterball. Eine ganze Menge.«

Cain legte einen klasse Start hin. Als sein Auto hinter der Ecke verschwand, wurde ich das Gefühl nicht los, dass mein bester Freund auf irgendetwas aus war. Aber andererseits, wann war er das nicht?

Kapitel 6

Cain

Dienstag, 24. Oktober
nach der Schule

Ich krieg James und Delia nicht aus dem Kopf. Ich habe gesehen, wie sie in den letzten zwei Tagen geflirtet haben. Ein paar Mal hielten sie sogar Händchen. Es war schon komisch, zu sehen, wie dusslig Delia sich aufführen kann. Sie wirkt wie ausgewechselt, und ich weiß nicht, ob sie mir so noch gefällt. Als ich ihr im September gesagt habe, dass sie sich verlieben soll, hatte ich ja nicht damit gerechnet, dass es so schnell passieren würde.

Klar, James sieht gut aus – wenn man diese gelackten Typen mag. Und zweifellos fahren viele auf ihn ab. Aber sonst lässt doch einiges bei ihm zu wünschen übrig. Ich hab Delia zum Beispiel noch nie lachen sehen, wenn sie mit ihm zusammen ist. Wenn wir was unternehmen, kann sie überhaupt nicht mehr damit aufhören.

Rebecca war letzte Woche mit ihren Eltern weg, aber wir haben eine feste Verabredung für Samstag. Und wenn es nicht so verläuft, wie ich hoffe, hab ich echt Probleme …

Kein Zweifel – ich wurde langsam nervös, die Wette zu verlieren. Dann würde ich wie ein Vollidiot dastehen, und

Delia würde mich garantiert mein Leben lang daran erinnern. Und Andrew würde mich genauso damit aufziehen. Und dann war da noch die Kleinigkeit des Verliebens. Ich hatte es satt, allein zu sein oder mich wahllos zu verabreden. Ich wollte mehr als nur ein paar schöne Stunden.

Die Geschichte mit Rebecca musste jetzt vertieft werden. Sie war eins der schönsten Mädchen, das ich je gesehen habe. Und sie war witzig. Ganz zu schweigen davon, dass sie Köpfchen hatte. Und sexy war sie auch. Mit einem Wort, sie war's.

Ich weiß nicht, warum ich so unruhig war, als ich am Samstag dann zu ihr gefahren bin. Lag es daran, dass ich ein Mädchen getroffen hatte, das mich wirklich interessierte, und jetzt Angst vor Zurückweisung hatte? Oder war ich einfach eingerostet?

Na, egal, ich hatte jedenfalls das Auto geputzt, innen und außen. Auf dem Rücksitz stand ein Korb voll mit Sandwiches, Chips, Schokoladenkuchen und Getränken (großzügig von meiner Mutter spendiert).

Ich pfiff vergnügt vor mich hin, als ich auf die Haustür zumarschierte.

Ein kleiner blonder Junge machte die Tür auf. Er trug ein T-Shirt mit den Power Rangers drauf und sah aus, als ob er gerade im Dreck gewühlt hätte.

»Wer bist du denn?«, fragte er und sah mich finster an.

»Cain Parson, Sir. Sind Sie der Besitzer dieses Hauses?« Ich hatte meine beste Verkäuferstimme aufgesetzt, und er lachte. Er machte die Tür weiter auf und winkte mich herein.

»Bist du der Freund von meiner Schwester?« Er sah mich an wie ein Wesen von einem anderen Stern.

»Weiß ich nicht. Vielleicht sollten wir sie fragen.«

»Jason, hast du wieder Blödsinn gemacht?«, fragte Rebecca, als sie die Treppe herunterkam. Sie sah wie immer toll aus in den schwarzen Jeans und einem engen grünen Sweater. Die Haare hatte sie lose zusammengebunden, aber ein paar Strähnen fielen ihr ins Gesicht.

»Nö!«, antwortete Jason und machte einen Schritt zurück.

»Komm, raus mit dir. Spiel weiter im Dreck.«

Jason rannte zu Rebecca, trat ihr auf den Fuß und fegte dann los.

»Nettes Bürschchen«, sagte ich. »Aber seine große Schwester ist viel netter.«

Rebecca küsste mich kurz auf die Wange. »Er ist echt ein Monster. Warum können Kinder nicht gleich erwachsen auf die Welt kommen?« Offensichtlich mochte Rebecca Kinder nicht allzu sehr.

»Das wär vielleicht für die Mütter ein bisschen anstrengend.«

»Weil du gerade davon sprichst, lass uns hier verschwinden, bevor meine Mutter runterkommt und dich kennen lernen will. Wenn sie dich erst mal in die Pfoten kriegt, überzeugt sie dich glatt davon, dass es schon immer dein größter Herzenswunsch war, mit ihr in der Küche zu hocken und Kaffee zu trinken.« Rebecca schnappte sich eine ausgewaschene Jeansjacke und warf sie sich über die Schulter.

Als wir losfuhren, versuchte Rebecca, etwas im Radio zu finden. »Wie viele von den blöden Sendern hat diese Stadt eigentlich? Das Zeug hier wär in Manhattan verboten.«

»Wir haben einen guten Jazzsender«, sagte ich und stellte ihn ein.

Sie zuckte mit den Schultern. »Okay. Das ist cool.«

»Und, hast du schon ordentlich Lust aufs Landleben?«, fragte ich sie, als wir an einer roten Ampel hielten.

»Klar. Solange mich die Kühe nicht fressen.« Sie schnallte sich los und rückte etwas näher. »Wo fahren wir denn hin?«

»Raus zum See«, sagte ich. Normalerweise fuhr ich da nicht mit anderen Mädchen hin, aber weil Rebecca etwas Besonderes war, wollte ich, dass der Ort uns verband. »Glaub mir, es ist irre da.«

»So schön wie im Central Park?«

»Na ja, Kutschfahrten gibt's da nicht. Aber dafür ist es da auch sauber.« Ich legte meinen rechten Arm um ihre Schulter. Es versprach, ein toller Tag zu werden.

»Ich schätze, ich muss wohl nehmen, was kommt.«

Ich bog auf den Schotterweg ab, der zum See führte. »Hast du dich einigermaßen in Jefferson eingelebt?«

»Geht so. Ich hab mich mit ein paar Cheerleaderinnen angefreundet und werd wohl in der nächsten Saison dabei sein. Und bei der Schülervertretung hab ich ganz gute Aussichten, Vorsitzende zu werden.«

»Du bist ja ganz schön ehrgeizig.« Ich hätte nie gedacht, dass sich Rebecca für Schulpolitik interessierte.

»Ich mag es, überall Spuren zu hinterlassen. Na ja, und für meine Collegebewerbung ist es auch nicht gerade schlecht.«

»Schätze, da kommt der Stadtmensch in dir durch.« Ich parkte gleich neben dem See. Obwohl es ein sonniger, warmer Herbsttag war, waren wir die Einzigen hier draußen.

»Es ist *wirklich* schön hier«, sagte Rebecca, als habe sie insgeheim angenommen, ich würde mit ihr zu irgendeinem Baggersee fahren. Sie stieg aus. Ich schnappte mir den Picknickkorb und peste los, um sie einzuholen.

»Ja. Nur du, ich und die Sonne«, sagte ich. Wir nahmen jeder eine Seite der Decke, die im Wind flatterte.

Ich beschwerte die Ecken mit Steinen und setzte mich. Auf einen Ellbogen gelehnt, klopfte ich auf den freien Platz neben mir. »Madame, es ist angerichtet.«

Rebecca kniete sich neben mich und öffnete den Korb. »Ooh, was für leckere Sandwiches.«

»Ich wollte ja noch Kaviar, aber es gab keinen frischen.«

»Kaviar wär auch *ein bisschen* zu viel zum Mittag. Sandwiches sind schon okay.« Sie nahm das Essen aus dem Korb und wirkte dabei so locker, als würden wir schon seit Jahren zum Picknick rausfahren.

»Vielleicht sollten wir Jason mal mitnehmen«, sagte ich. »Stell dir mal vor, wie der hier draußen rumwühlen könnte.«

Rebecca sah mich an, als hätte ich gerade vorgeschlagen, eine wilde Sauftour zu machen. »Na, eher wohl nicht«, sagte sie kurz. »Unsere Verabredungen stell ich mir eigentlich ohne ihn vor.«

Ich machte eine Sodadose auf und füllte die Champagnerbecher aus Plastik, die ich mitgebracht hatte. »Wie wär's mit einem Trinkspruch?«, fragte ich.

Sie grinste. »Solange du meinen kleinen Bruder weglässt, bin ich ganz Ohr.«

Rote und gelbe Blätter wirbelten um uns herum auf den Boden. Das Wasser war tiefblau und glitzerte im Sonnenlicht wie Diamanten. Jetzt fehlte nur noch ein Geiger, und der See wäre der romantischste Ort auf der Erde.

Ich hob meinen Becher. »Auf uns. Und dass dir immer die Sonne scheint.«

»Auf uns und mein Leben in meiner neuen Stadt.« Wir stießen an und sie betrachtete mich durch ihre langen Wimpern.

Ich stellte meinen Becher ab und rückte näher an sie heran. Unsere Lippen fanden sich, und ich küsste sie zärtlich. Ihre Lippen schmeckten noch besser, als sie aussahen. Mein Puls beschleunigte sich, als ich sie langsam auf die Decke zog. Unser Kuss wurde leidenschaftlicher. Ich wünschte mir, Delia könnte es sehen. Sie würde mal wieder den Kürzeren ziehen. Dann strich mir Rebecca durchs Haar, und ich dachte an überhaupt nichts mehr.

»Es war Wahnsinn. Ich hab sie gefragt, ob sie mit zum Schulfest kommt«, sagte ich zu Andrew. Wir hatten gerade eines unserer Mann-gegen-Mann-Basketballspiele auf dem Sportplatz beendet und uns auf eine Bank gesetzt. Es war etwas kühler geworden, aber ich schwitzte und war ganz schön außer Atem.

»Und hat sie Ja gesagt?« Er ließ den Ball auf seinem Zeigefinger balancieren.

»Natürlich hat sie Ja gesagt, du Blödmann. Hat denn je eine Frau meinem unwiderstehlichen Charme widerstehen können?«

»Also eine fällt mir ein.« Andrew stieß mir den Ball in den Magen, und ich stöhnte.

»Wer?« Ich stand auf und dribbelte mit dem Ball auf dem Sportplatz hin und her.

»Na, wer wohl? Delia.«

»Bitte?« Ich nahm den Ball hoch und stand reglos da.

»Delia Byrne. Das Mädchen, von dem du schon immer hingerissen bist. Bloß ist sie noch nie vor dir auf die Knie gefallen und hat dich angebetet.«

»Delia und ich sind *Freunde*. Guck mal im Lexikon nach.«

»Und warum guckst du nicht mal unter *Selbstbetrug* nach, Alter?«

»Ich hab gedacht, wir reden hier von Rebecca.« Wir nahmen beide unsere Rucksäcke und gingen zum Parkplatz.

»Tun wir ja auch. Um ehrlich zu sein, ich versteh überhaupt nicht, warum du so verzweifelt eine Freundin suchst.

Bis zum Schulball im Winter ist es auch noch ewig hin. Vielleicht findest du noch was Besseres.«

Ich schüttelte den Kopf. Es hat mich schon immer gewundert, dass Andrew so unsensibel war. Wie er Mädchen betrachtete, fand ich sogar als Junge beleidigend. »Sieh mal, Andrew, es gibt eben nun mal diese schönen Dinge im Leben – genannt Liebe, Erfüllung und Glück.«

»Und?« Er blieb stehen und starrte mich an.

»Und was?«

»Du glaubst, dass du das alles bei Rebecca findest?« Andrew nahm den Basketball und balancierte ihn wieder auf dem Zeigefinger.

»Klar. Warum nicht?«

Andrew warf kapitulierend die Arme hoch. »Ich versteh nicht, wie du behaupten kannst, dass du ein Mädchen liebst, das du erst so kurz kennst.«

»Hör zu, ich such jemand Festes. Ich seh da nichts Falsches drin.« Ich marschierte wieder los, und Andrew folgte mir.

»Na ja, guck mich an, ich lass lieber nichts anbrennen. Aber dass ich gleich davon rede, dass es Liebe ist ... Da schaffen dich die Mädchen, wenn du mich fragst.«

»So will ich's aber nicht.«

»Solltest du aber. Rebecca will sich einfach nur amüsieren, Alter. Und sie gehört nicht zu den Mädchen, in die du dich verlieben könntest.«

»Ich werd's mir durch den Kopf gehen lassen. Kann ich jetzt meinen Basketball haben?«

»Hier«, sagte er und gab ihn mir. »Und glaub's mir,

wenn du so weitermachst, hast du dicke Probleme am Hals.«

Ich boxte ihn unsanft in den Arm. Was wusste er denn schließlich von Mädchen?

Kapitel 7

Delia

Mittwoch, 1. November
22.00 Uhr

James hat mich gestern gefragt, ob ich mit ihm zum Schulfest gehe! Wir waren auf der Halloween-Party bei Caroline Sung (ich war eine Hexe, er ein Pirat), und er fragte mich in dem Zimmer, das sie abgedunkelt hatte. Vorher hatte er mich genervt, als er mir erzählte, was er und Tanya letztes Jahr zu Halloween alles auf die Beine gestellt hatten. Ich war also ziemlich mies drauf, auch weil Cain nicht auf die Party gekommen war. Er war stattdessen mit Rebecca zu einer anderen Party bei irgendeinem Footballspieler gegangen.

Aber das Wichtigste war, dass James mich gefragt hat. Beim Schulfest werde ich zum ersten Mal mit einem offiziellen Freund aufkreuzen. Heißt das, dass wir verliebt sind?

P.S. Ich kann es kaum erwarten, Cain davon zu erzählen. Es kommt mir so vor, als hätten wir seit Jahren nicht miteinander gesprochen.

Mittlerweile war der Winter über Jefferson hereingebrochen. Alle hatten dicke Pullover an und redeten nur noch davon, dass sie in der kalten Luft ihren Atem sehen konnten. Ich machte nachts mein Fenster zu und kramte meine Heizdecke heraus. Nina zeigte ich nun nicht mehr im Vorgarten neue Tanzschritte, sondern unten im Sportzimmer. Und Ellen hatte beschlossen, jetzt ihren Wonderbra zu tragen.

Trotz meiner unumstößlichen Meinung, dass Schulfeste beknackt sind, konnte ich es kaum erwarten, mit James, der einen Arm um mich gelegt hätte, in den Saal zu kommen. Ich stellte mir ein kleines Ansteckbukett aus roten Rosen an meinem Kleid vor, Ohrringe aus Bergkristall würden über meinen nackten Schultern baumeln, und meine schlanken Fesseln würden toll in den Riemen meiner hochhackigen Abendschuhe zur Geltung kommen.

Leider spielten die Radio Waves auf dem Fest, sodass ich kaum Zeit mit James verbringen könnte. Aber ich tröstete mich mit dem Gedanken, dass alle Mädchen eifersüchtig sein würden, weil *ich* mit ihm da war.

Am Freitag gingen Ellen und ich noch zu Duval's, um nach Kleidern zu gucken. Sie war einverstanden, mit einem von James' Freunden zu dem Fest zu gehen, obwohl sie nicht gerade begeistert war.

»Wie wär's damit?«, fragte mich Ellen. Sie kicherte und hielt ein rosa Taftkleid mit einem Glockenrock hoch. Rund um die Schultern waren irgendwelche Federn drapiert. Das Kleid war absolut grässlich.

»In dem Aufzug müsstest du mich nur noch in einen schlechten Comic wickeln, und schon würde ich aussehen wie eine Kaugummiverpackung.« Ich zog ein schwarzes Minikleid mit einem kurzen Jäckchen heraus – perfekt.

Ellen nahm ein grünes Seidenkleid, und dann gingen wir zu den Umkleidekabinen. »Ich glaube, Cain und dieser Rebecca ist es ziemlich ernst«, sagte Ellen. Da sie dabei ihren Pullover auszog, hörte ich sie nur gedämpft, aber ich hatte sie trotzdem verstanden.

Ich band meine schwarzen Stiefel auf. »Sie gehen jedenfalls zusammen hin, falls du das meinst.« Ich zerrte an den Stiefeln und zog dann die dicken Socken aus – sie passten nicht so gut zu einem Cocktailkleid.

Ellen drehte sich um, damit ich ihr Kleid zumachen konnte. Ich muss schon sagen, dass das »Helferlein«, wie Ellen ihren Wonderbra nannte, in dem Kleid Wunder wirkte. »Ja, ich weiß, dass sie hingehen. Cain hat sie schon vor längerem gefragt. Aber dieses Armband, das er ihr geschenkt hat, sieht ganz schön teuer aus. Andrew hat mir erzählt, dass Cain einen ganz schönen Batzen dafür hingeblättert hat.«

Ich hörte sofort auf, den Reißverschluss weiter hochzuziehen. »Worüber redest du da eigentlich? Was für'n Armband?«

Ich sah im Spiegel, wie Ellen die Stirn runzelte. »Ach, du weißt das gar nicht?«

Ich schüttelte den Kopf und versuchte, ungezwungen auszusehen. »Nein. Ich schätze, er hat's bloß vergessen, mir zu erzählen. Macht nichts.«

»Na ja, es ist aus Gold, mit einem Opal. Opal ist ihr Glücksstein. Ich hab das Armband gesehen, als wir gestern geduscht haben. So wie sie ihr Handgelenk hochgehalten hat, hätte ich schon blind sein müssen, um es nicht zu sehen.«

Ich versuchte so auszusehen, als hätte ich kein Interesse an dem, was Ellen da erzählte. »Hmm. Ich wusste gar nicht, dass Cain so einen Hokuspokus mitmacht, und 'nem Mädchen seinen Glücksstein schenkt. Das ist doch eher was für alte Knacker.«

»Er wird dir schon noch von dem Armband erzählen.« Ellen stand auf Zehenspitzen und versuchte herauszufinden, wie das Kleid mit Turnschuhen aussah.

»Ja, glaub ich auch.«

Aber ich war wütend. Wie konnte Cain mir, seiner besten Freundin, so etwas Wichtiges vorenthalten? Denn Andrew hatte er ja offensichtlich davon erzählt – vielleicht hatte er Andrew sogar *gefragt*, was er kaufen solle. Cain hat seinen Freundinnen noch nie große Geschenke gemacht. *Mir* hatte er nur mal einen Goldfisch mitgebracht (der dann nach drei Tagen gestorben ist).

Vielleicht war Cain wirklich in Rebecca verknallt. Dann würde unsere Wette unentschieden ausgehen. Weil ich ziemlich sicher war, in James verliebt zu sein. Aber ließ Cain mich jetzt fallen, weil er jemand Besseres gefunden hatte? In der Vergangenheit hatte unsere Freundschaft immer an erster Stelle gestanden. Er hatte mir immer alles aus seinem Leben haarklein berichtet – einschließlich, wen er gerade toll fand und so. Jetzt sah es so aus, als würde er mich nicht mehr brauchen. Vielleicht sollte ich mich von meinem besten Freund verabschieden – ein deprimierender Gedanke, gelinde gesagt.

Ellen drehte sich vor dem Spiegel und strich das Kleid über ihren Brüsten glatt. »Schätze, Cains Verabredungen mit Rebecca sind komplette Verschwendung. Sie ist ziemlich mies.«

»Wieso?« Ich muss schon gestehen, dass ich für Rebecca nicht gerade viel übrig hatte. Jedes Mal, wenn ich sie sah, war es, als würde ich auf einen Gefrierschrank treffen. Aber ich war es gewöhnt, von Cains Freundinnen die kalte Schulter gezeigt zu bekommen – und es störte mich nicht die Bohne. Aber ich war doch überrascht, dass Ellen so eine schlechte Meinung von Cains neuester Eroberung zu haben schien.

»Das ist doch eine absolute Streberin. Ich hab gehört, wie sie im Umkleideraum mit Cain angegeben hat. Sie hat sich überhaupt nicht mehr eingekriegt, wie toll er aussieht. Aber davon, wie er sonst noch so ist, hat sie nichts gesagt.« Ellen machte den Reißverschluss wieder auf und zog das Kleid aus.

»Echt?« Ich musterte mich im Spiegel. Irgendwie hatte das Kleid seinen Reiz verloren. Ich hatte einen Kloß im Hals, und urplötzlich war ich überhaupt nicht mehr in der Stimmung zum Einkaufen.

»Dann hab ich gehört, wie sie Amanda erzählt hat, dass Cain ihre Trumpfkarte dafür wär, überall in der Stadt bekannt zu werden. Da jeder *ihn* kennt, würden automatisch auch alle *sie* kennen. Und sie tönte auch noch rum, dass sie in der nächsten Klasse die Cheerleaderinnen leiten und mit dem Quarterback-Typen vom Football ausgehen würde. Sag mal, wie flach kann man eigentlich noch sein?«

Ich hing das schwarze Kleid wieder auf den Bügel. »Du bist nicht eifersüchtig auf Rebecca, oder? Ich meine, ich weiß doch, dass du in Cain verliebt bist, aber als fester Freund taugt er nicht unbedingt – er ist zu flatterhaft. Glaub mir, du bist besser dran, wenn du nicht seine Freundin bist.«

Ellen runzelte die Stirn. »Delia, ich bin *nicht* eifersüchtig. Du?«

»Dass ich nicht lache«, sagte ich entrüstet. »Ich will nicht mit Cain gehen. Das hab ich dir schon tausendmal gesagt.«

»Ja, das ist das, was du *sagst.*« Ellen zog ihre Jeans an und angelte nach ihren Schuhen. »Aber du hast mir noch nie richtig erzählt, warum eigentlich nicht.«

Ich seufzte. »Erst einmal, weil ich in James verliebt bin. Und selbst wenn nicht, Cain und ich passen einfach nicht zusammen.«

»Kann ja noch kommen«, sagte Ellen und zog eine Augenbraue hoch.

»Er ist wie ein Bruder, er kann sich nicht festlegen, er ist arrogant, wir essen unterschiedliche Eissorten, wir streiten uns um die Fernbedienung, wir ...«

Ich wusste, dass ich bloß vor mich hin plapperte, aber Ellens Nachbohren hatte mich kalt erwischt. Mir war unbehaglich zumute, über Cain auf so eine persönliche Art zu reden.

Ellen lachte. »Ich seh schon, ihr beiden heiratet mal in der Hölle. Aber Themenwechsel. Ich weiß, dass du's nicht abkannst, von Cain zu sprechen.«

»Danke. Und jetzt lass uns hier rausgehen. Mein Traumkleid ist sowieso nicht dabei.«

Als wir aus dem Laden gingen, versuchte ich den plötzlichen Magendruck zu ignorieren. Ich konnte es immer noch nicht glauben, dass Cain mir nichts von dem Armband erzählt hatte. Ich würde ihn von zu Hause gleich anrufen. Er hatte mir eine Menge zu erklären.

Während ich darauf wartete, dass bei den Parsons jemand ranging, wickelte ich mir die Telefonschnur um die Finger. Nach dem dritten Klingeln hörte ich Mrs Parsons warme Stimme.

»Hi, Mrs Parson. Kann ich bitte mit Cain sprechen?« Ich schleuderte die Stiefel weg, legte mich aufs Bett und streckte die Beine aus.

»Delia! Schön, dich zu hören. Ich hab das Gefühl, ich hab dich ewig nicht gesehen.«

»Na ja, ich hab viel zu tun. Aber Cain ja wohl auch.« Ich mochte Mrs Parson unheimlich gern. Sie war fast wie eine zweite Mutter.

»Delia?« Cain war an einen anderen Apparat gegangen, und Mrs Parson hatte aufgelegt.

»Hi.« Aus irgendeinem Grund begann mein Herz zu rasen. Urplötzlich hörte sich Cain wie ein Fremder an.

»Was machst du heute Abend?« Ich hörte, dass er nebenbei etwas aß – aus dem knirschenden Geräusch schloss ich, dass es irgendwelche Cracker waren. Er konnte davon eine Tüte im Nu verputzen.

»Ich bin mit James verabredet.« Ich ging mit dem Telefon zum Kleiderschrank. James würde mich in einer halben Stunde abholen, und ich hatte noch keinen blassen Schimmer, was ich anziehen sollte.

»Sieht ja ganz so aus, als wär unsere Wette nur noch reine Theorie.« Er klang etwas erschöpft, als ob er nicht wirklich mit mir sprechen wollte.

»Hab ich auch schon gehört«, antwortete ich, unfähig, den bitteren Beigeschmack aus meiner Stimme zu nehmen.

»Was soll das heißen?« Er klang irgendwie verwirrt, aber es war mir egal.

»Du bist ja bei Rebecca auch schon ganz schön weit. Alle reden von dem tollen Armband, das du ihr kaufen musstest.«

»Sie hatte Geburtstag. Na und?«

»Warum hast du mir nicht erzählt, dass du so verknallt in sie bist, dass du derartig viel Knete aus dem Fenster schmeißt? Bin ich dir nicht mehr wichtig, dass du mir nichts mehr von dir erzählst?« Ich bin immer wütender geworden. Cain hätte mich wenigstens darum bitten können, das Geschenk mit auszusuchen. Ich hatte einen besseren Geschmack als er.

»Entschuldige, dass ich *auch* ein Leben habe. Ich hab gedacht, du bist viel zu beschäftigt damit, mit James Saugnapf rumzuknutschen, als dich darum zu kümmern, was *ich* tue.« Jetzt war Cain auch sauer, und das Gespräch ging absolut den Bach runter.

»Ha! Dein Mund klebt doch schon an Rebeccas fest. Ihr kommt mir langsam vor wie siamesische Zwillinge.«

Sofort hörte das Knirschen auf. »Ich glaube, du hast einfach Angst, dass ich die Wette gewinne. Du hast doch deine faulen Ausreden selbst schon satt, und du weißt, dass es nicht bis zum Winterball halten wird.«

Ich nahm eine Strickhose und einen Rollkragenpullover aus dem Schrank. Dann knallte ich die Tür zu. »Ich bin total, hörst du, t o t a l in James verliebt. Du allerdings würdest die Liebe nicht mal erkennen, wenn sie vor dir steht. Alles, was dich interessiert, ist ein schönes Gesicht.«

Mit meiner freien Hand kämpfte ich mich aus meiner Jeans. Die Uhr lief, und ich hatte mich noch nicht mal umgezogen. Ich musste mich ganz schön zusammenreißen, um nicht aufzulegen.

»Delia, du hast null Ahnung von mir. Offensichtlich hast du die letzten drei Jahre ein Brett vorm Kopf gehabt.«

»Sieht ganz so aus«, antwortete ich sarkastisch. »Und wenn du mich jetzt entschuldigen würdest, ich muss mich für meine Verabredung fertig machen. Mach's gut.«

»Du auch.« Es war kaum zu verstehen.

»Tschüss.« Ich knallte den Hörer auf die Gabel. In nicht mal zehn Minuten würde James mich abholen, und ich war den Tränen nahe.

So wütend ich auch auf Cain war – ich konnte nicht glauben, dass unser Gespräch so fies geendet hatte. Wir hatten uns noch nie derartig beharkt, und ich war nicht sicher, ob wir das einfach zu den Akten legen konnten.

Ich versuchte, mich auf James zu freuen, aber jetzt liefen

mir doch Tränen übers Gesicht. Ich war aschfahl, und meine Augen waren rot. Ich sollte verliebt aussehen, aber ich sah aus, als hätte ich eben meinen besten Freund verloren.

»Weißt du, dass du heute ganz besonders toll aussiehst?«, fragte James und zog mich näher an sich heran.

Ich legte den Kopf an seine Brust. Sein Herz schlug ganz schnell. »Du aber auch.«

Wir waren beim Italiener gewesen und standen jetzt vor meiner Haustür. James war den ganzen Abend so wahnsinnig aufmerksam gewesen, dass ich mir wie eine Prinzessin vorkam.

»Delia, ich bin so froh, dass wir uns getroffen haben. Ich war am Anfang des Jahres echt mies drauf. Als Tanya wegging, hab ich gedacht, dass ich den Rest meines Lebens allein bleiben würde. Und dann kam ich in den Schreibkurs, und da warst du.«

»Hört sich für mich wie Schicksal an.« Ich sah ihm in die Augen und wäre am liebsten in ihnen versunken. Es war wie im Märchen.

»Für mich auch.« James Mund war so nahe an meinem, dass ich seine Worte mehr spürte als hörte. Ich legte meine Arme um seinen Hals und zog ihn noch näher heran. Er streichelte meine Wange, und ich streichelte die weiche Haut in seinem Nacken.

Und dann haben wir uns in die Augen gesehen und lange und tief geküsst.

Ich bebte vor Glück am ganzen Körper, und doch war

ich durcheinander und irgendwie enttäuscht. Warum? Ich hatte doch nun, was ich wollte.

Ich presste mich an ihn und schloss die Augen gegen den Lichtschein von der Lampe über unserer Haustür

Ich weiß nicht, wie lange wir da so eng umarmt zusammen gestanden haben. Aber als wir uns voneinander lösten, waren wir beide außer Atem.

In dem Moment ging das Licht über der Tür ein paar Mal an und aus. Offensichtlich beobachtete uns meine Mutter und war der Meinung, dass es nun genug wär. Ich lachte verlegen.

James lächelte und strich mir die Haare hinter die Ohren. Er beugte sich vor und gab mir einen flüchtigen Kuss auf die Stirn. »Bei dem Fest sing ich ein Lied nur für dich«, flüsterte er mir dann ins Ohr.

Ich schlüpfte ins Haus.

Meine Mutter hatte sich diskret aus dem Flur zurückgezogen. Ich spähte durch den weißen Wohnzimmervorhang und konnte James, der schon in seinem Jeep saß, in der Dunkelheit nur undeutlich erkennen. Ich hörte ihn leise pfeifen und zog den Vorhang wieder zu.

Ich schwebte im siebten Himmel, als ich auf Zehenspitzen nach oben ging. Ein Ziel meines letzten Schuljahres hatte ich erreicht. Es war nicht nur das Schulfest, ich war zum ersten Mal im Leben verliebt. Wer hätte das gedacht, dass die zynische Delia Byrne die Augen eines Jungen zum Leuchten bringen konnte? Es war wirklich ein Wunder.

Aber etwas in mir fühlte sich, als wär es gerade überfahren worden. Ich konnte zwar Ellen anrufen und ihr alles von dem Abend mit James erzählen, aber Cains Tür war für mich zu. Und wenn ich meine Erlebnisse nicht mit der Person teilen konnte, die mir am meisten bedeutete, war es fast so, als wären sie überhaupt nicht passiert.

Kapitel 8

Cain

Als ich am Montag zu Physik ging, hatte ich schon ein bisschen Angst, Delia wieder zu sehen. Wir hatten seit unserem verkorksten Anruf am Samstag nicht mehr miteinander gesprochen, und mir war nicht klar, warum uns das passiert war. Eben noch hatten wir wie vernünftige Menschen miteinander geredet, und dann hatten wir uns angebrüllt, als wären wir Todfeinde. So was hatte es zwischen uns noch nie gegeben, und ich musste ständig darüber nachdenken.

Delia kam nach mir in die Klasse und setzte sich an den Platz neben mir. Da es noch einige andere freie Plätze gab, sah ich darin ein Zeichen, dass sie sich wieder mit mir versöhnen wollte.

Als Ms Gordon gerade etwas über das Empire State Building erzählte, riss ich eine Seite aus meinem Notizbuch. »FRIEDE?« schrieb ich in großen Buchstaben darauf. (Ich wollte zwar den ersten Schritt machen, aber mich auch nicht gleich entschuldigen.)

In den letzten fünfzehn Minuten hatte Delia krampfhaft versucht, mich nicht anzusehen. Ich stieß sie mit einem Bleistift an und hielt den Zettel hoch. Sie warf den Kopf herum und lächelte, als sie meinen Zettel sah. Ich beugte mich hinüber und zog sie leicht an den Haaren. In diesem

Moment sind mir gleich mehrere Steine vom Herzen gefallen.

Als es klingelte, stand Delia auf und legte mir die Hände auf die Schultern. »Wieder Freunde?«, sagte sie.

Ich nickte. »Für immer und ewig.« Und beim Hinausgehen fragte ich sie: »Wie wär's, wenn wir nach der Schule ins Winstaed's gehen? Wir könnten ein paar Nachos futtern und darüber reden, wie sehr wir uns hassen.«

»Gute Idee, Cain. Ich seh dich um drei.«

Rebecca wartete in der Eingangshalle auf mich. Das Armband funkelte an ihrem Handgelenk. Ich sah Delia an, die breit grinste.

»Hi, ihr beiden«, sagte Rebecca und strahlte mich an.

»Hi, Rebecca«, sagte Delia. »Das ist ja ein tolles Armband.« Sie klang, als würde sie mit ihrer besten Freundin sprechen, und ich war froh, dass sie freundlich zu Rebecca war.

Rebecca hielt ihren Arm hoch. »Danke, Delia. Sugar-Cain hat's mir geschenkt. Ist er nicht süß?« Sie nahm meine Hand.

Delia verdrehte die Augen. Sie sah angespannt aus, aber ich hätte nicht sagen können, was sie in dem Moment gedacht hat. »Süß wie Honig«, stimmte sie zu. »Ich seh euch zwei Hübsche später.«

Als Delia schnell durch die Halle ging, küsste mich Rebecca auf die Wange. »Dreimal darfst du raten«, sagte sie geheimnisvoll.

»Was?« Ich beobachtete immer noch Delia, die mit James neben dem Notausgang stand. Sie lachte, und es war kaum zu glauben, dass sie dieselbe war, die am Samstag so wütend gewesen war.

»Ich hab mit Carrie gesprochen. Und wir haben beschlossen, dass sie und Patrick mit uns zusammen aufs Schulfest gehen.«

Ich runzelte die Stirn, weil mir sofort einfiel, wie unangenehm Patrick auf Schulfesten werden konnte. Mit ihm wollte ich ums Verrecken nichts zu tun haben. Und seit er mit Carrie zusammen war, zeigten die beiden das in der Öffentlichkeit mehr als genug. Es war eklig, einen bulligen Footballspieler dabei zu beobachten, wie er seine Pranken um seine Freundin legte. Aber Rebecca schien nicht zu bemerken, dass ich nicht begeistert war.

»Ist das nicht irre?«, sagte sie. »Wir werden uns bestimmt toll amüsieren. Und wenn ich mich mit Carrie anfreunde, dann bin ich schon so gut wie sicher bei den Cheerleaderinnen.«

Wenn sie wirklich mit Patrick und Carrie zum Schulfest gehen wollte, was kümmerte es mich denn? Und überhaupt, je besser sie drauf war, desto gefühlvoller war sie. Und solche Feste sind schließlich zum Verlieben da.

»Ja, ich freu mich schon wahnsinnig drauf«, sagte ich und legte einen Arm um sie. »Ich werd fahren.«

Wir trennten uns vor ihrem nächsten Klassenzimmer, und ich rannte, immer zwei Stufen auf einmal nehmend, die Treppen zur Bücherei. Andrew und ich mussten ein mündliches Referat für Geschichte machen.

Er saß an einem Tisch mitten in der Bibliothek mit mindestens zwanzig dicken Wälzern um sich herum. Mit dem

Bleistift im Mund wirkte er viel mehr wie ein ernsthafter Schüler, als er wirklich war.

»Was ist los, Andrew?«, sagte ich und zog einen Stuhl heran.

»Pst! Das ist eine Bücherei.« Andrew legte einen Finger auf den Mund und deutete damit an, dass ich leise sein sollte. Ich rückte näher an ihn heran, sodass er mein Flüstern hören konnte. »Wo ist denn dein Sinn für Abenteuer geblieben?«, fragte ich und sah mich um, ob uns jemand beobachtete.

Andrew deutete auf ein Mädchen hinter dem Schalter. Viele Schüler arbeiteten in der Bücherei, aber ich hatte Andrew noch nie so in Ehrfurcht erstarrt gesehen. Das Mädchen hatte lange braune Haare und ein von oben bis unten geknöpftes Kleid an. »Ich hab Rachel versprochen, dass wir leise sind«, sagte er.

Ich runzelte die Stirn. Hatten Außerirdische Andrew entführt und ihn durch einen Klon ersetzt? Ich hatte noch nie erlebt, dass ihn ein Versprechen geschert hätte, das er einer Bibliotheksangestellten gegeben hatte. »Na und?«

»Sie ist ein tolles Mädchen. Wir sollten etwas Rücksicht nehmen«, flüsterte Andrew und schaute hinüber zu Rachel, die gerade irgendetwas in ihren Computer tippte.

Ich legte meine Hand auf seine Stirn. »Hast du Fieber? Oder einfach den Verstand verloren?«

Er schlug meine Hand weg. »Wir sollten uns an die Arbeit machen. Rachel war so nett, uns die Bücher hier rauszusuchen. Nun lass uns auch was draus machen.«

Ich öffnete eines der Bücher und blätterte es durch. Nach

ein paar Minuten hob ich den Kopf und fragte Andrew, wie wir die Arbeit aufteilen wollten. Er starrte mit offenem Mund Rachel an. Ich wedelte mit meiner Hand vor seinem Gesicht herum, um ihn auf mich aufmerksam zu machen.

Er wurde etwas rot, und da fiel bei mir der Groschen. Ob er es wusste oder nicht, Andrew hatte sich verliebt.

»Sie heißt Rachel«, sagte ich zu Delia, als wir ins Winstead's gingen. »Sie arbeitet in der Bücherei.«

Winstead's war eine Klasse für sich. Da gab es alles, vom Hamburger bis zu Nachos, obwohl alles fast gleich schmeckte. Die Tische waren schon ziemlich abgenutzt, und in einer Ecke stand eine alte Jukebox. Ich glaube, Delia und ich haben unser halbes Leben da zugebracht, besonders als wir unsere Führerscheine machten. Winstead's war ein beliebter Arbeitertreff, weil es nicht weit weg von dem Viertel war, wo die meisten von ihnen wohnten.

»Rachel Hall?«, fragte Delia und steuerte schnurstracks auf unseren Lieblingstisch gleich neben der Jukebox zu. Wie immer, wenn wir da waren, bestimmte Delia die Musikauswahl.

»Ich glaub schon. Andrew hat sie jedenfalls Rachel genannt. Und er hatte immer diesen verklärten Gesichtsausdruck, wenn er von ihr gesprochen hat.« Ich hing unsere Jacken an einen Kleiderhaken neben unserem Tisch und ließ mich auf meinen Stuhl fallen – es war ein langer Tag gewesen.

»Sehr interessant. Irgendwie glaub ich aber nicht, dass Rachel auf Andrews Wunschliste stand.«

Delia machte die Speisekarte auf, und ich reckte meinen Hals, um sie verkehrt herum mitlesen zu können.

»Ich glaube, er interessiert sich für sie.«

»Würde mich wundern, wenn's umgekehrt auch so wär«, sagte Delia und schob mir die Speisekarte zu. »Wollen wir uns ein paar Nachos teilen?«

»Ich träum schon seit dem komischen Thunfisch heute Mittag von Nachos«, sagte ich. »Es sieht allerdings nicht so aus, als ob sie zueinander passen. Aber die Liebe geht ja seltsame Wege.«

»Wovon wir ein Lied singen können«, stimmte Delia zu. Sie gab die Bestellung auf und steckte dann einen Dollar in die Jukebox.

»Stimmt. Ich meine, vor noch nicht mal drei Monaten hätten wir nicht im Traum daran gedacht, dass wir uns verlieben. Und jetzt ist es passiert.«

Die Bedienung kam fast sofort mit unserer Bestellung zurück. Im Grunde bestanden die Nachos nur aus im Supermarkt gekauften Maischips, die mit geschmolzenem Käse überzogen waren. Am Tellerrand aber lag ein Haufen scharfer Pfefferbohnen. Und deswegen waren die Nachos bei Winstead's meine absoluten Favoriten.

Delia stopfte sich den Mund voll. »Weißt du, Cain, ich muss dir was gestehen.«

»Was denn?«, fragte ich.

»Ich bin wirklich froh, dass du mich zu der blöden Wette überredet hast. Ich weiß nicht, ob ich bei James was unternommen hätte, wenn mir nicht die blonden Haare drohen würden.«

»Na ja, ich freu mich zwar für dich, aber trotzdem denk ich, dass James ein Versager ist.«

»Das sagst du nur, weil du die Wette gewinnen willst. Kannst du dich nicht mit einem Unentschieden zufrieden geben?«

Ich wusste, dass sie keinen Rat von mir annehmen würde, aber trotzdem musste ich meine Meinung sagen. Das lag in meiner Natur. »Ich sage das *nicht*, weil ich die Wette gewinnen will. Ich meine es ernst.«

»Und was, wenn ich dir sagen würde, dass Rebecca nicht gut genug für dich ist?« Sie bewegte ihren Oberkörper jetzt im Rhythmus zu der Musik, die sie ausgesucht hatte.

»Ich würde dir sagen, dass du dich um deine eigenen Angelegenheiten kümmern solltest«, antwortete ich.

»Genau.«

»Also soll ich mich um meine eigenen Angelegenheiten kümmern.«

»Richtig, Sherlock.«

Ich schwenkte meine Serviette wie eine weiße Fahne. »Du hast gewonnen.«

Sie nickte. »Ich hab gewusst, du würdest es mit meinen Augen sehen.«

Delia schob den Teller beiseite und trank ihr Glas Wasser mit einem großen Zug aus. Ich lachte, als ich ihr zusah. Sie war wirklich einmalig.

Der elfte November, der Tag des Schulfestes, war zwar kalt, aber sonnig. Am Freitag hatte ich all meine Vorbereitungen erledigt: Meine Mutter hatte mir geholfen, ein Ansteckbukett für Rebecca auszusuchen, ich hatte meinen einzigen Anzug aus der Reinigung abgeholt und das Auto gewaschen. Es konnte losgehen.

Weil Patrick ja in der Footballmannschaft und Carrie Cheerleaderin war, gingen Rebecca und ich am Nachmittag allein zu dem Spiel. Danach wollten wir zum Umziehen wieder nach Hause fahren, und ich würde alle um neun abholen. Ich war nicht gerade scharf auf Patricks und Carries Begleitung, hatte mich aber damit abgefunden.

Als wir zu dem Spiel gingen, wollte Rebecca unbedingt auf der Seite der Tribüne sitzen, vor der die Cheerleader stehen würden.

»Lass uns hier sitzen«, sagte sie. »Dann können wir all unsere Freunde sehen.« Sie winkte Carrie zu, die daraufhin wie wild mit ihren roten Quasten wedelte.

Aus den Augenwinkeln sah ich Andrew, der ein Stück entfernt mit einer für ihn völlig untypischen Jammermiene allein saß. Ich winkte ihm zu, dass er zu uns herüberkommen sollte.

Rebecca umarmte ihn, als er sich setzte. »Hey, Andy, wie geht's?«

Er kratzte sich am Kopf und rieb sich die Bartstoppeln auf der Wange. »Na ja, ich hab mich schon besser gefühlt.«

Rebecca schien seine Antwort nicht gehört zu haben. »Und mit wem gehst du zum Fest?«

Andrew schüttelte den Kopf. »Ich geh nicht hin.«

»Ich hab gedacht, du wolltest Rachel fragen«, sagte ich. Zwei volle Tage lang hatte er sich Mut gemacht und geschworen, dass er sie Freitag nach der Schule fragen würde.

»Na ja, es wär wohl eine Beleidigung. Du kannst nicht ein Mädchen einen Tag vor dem Fest fragen. Das sieht ja so aus, als ob du denkst, dass sie keine Verabredung hat.«

»Rachel Hall?«, sagte Rebecca und rümpfte die Nase. »Du meinst doch nicht etwa dieses fade Mädchen aus der Bücherei?«

Ich stieß Rebecca in die Rippen. Sie war zwar schön und intelligent, aber von Diplomatie verstand sie nicht die Bohne. »Ich finde, sie ist echt hübsch«, sagte ich.

Andrew zuckte mit den Schultern. »Vielleicht hat Rebecca Recht. Was verbindet mich schon mit einer, die in der Bücherei arbeitet?«

»Du willst ja gar nicht mit ihr weggehen«, sagte Rebecca bestimmt. »Und ich bin sicher, dass du eine findest, die beliebter ist.«

»Delia findet Rachel gut«, sagte ich. »Sie war letztes Jahr in ihrem Englischkurs, und sie haben die ganze Zeit nur über Bücher geredet.« Ich warf Rebecca einen Blick zu und gab ihr zu verstehen, dass sie Andrew in Ruhe lassen solle. Rachel war das erste Mädchen, für das er sich dermaßen interessierte, und ich wollte nicht, dass Rebecca sich da einmischte.

»Na ja, dass Delia sie gut findet, sagt noch nicht viel. Sie ist ja nicht unbedingt auf der Höhe der Zeit.« Es klang so süß, wie Rebecca das sagte, aber mir drehte sich der Magen um.

»Was soll das heißen?« Ich hatte fast vergessen, dass Andrew neben uns saß. Ich konzentrierte mich voll auf Rebecca.

»Ich bezweifle, dass Delia bei einer Liste der beliebtesten Schüler der Schule dabei wär. Sie ist nett, aber …« Sie brach ab, als hätte sie alles gesagt, was es über Delia zu sagen gab.

»Aber was? Delia hängt bloß nicht dauernd mit anderen Leuten herum, weil sie Besseres mit ihrer Zeit anzufangen weiß. Tanzen, zum Beispiel. Und schreiben. Und mit mir was zu unternehmen.«

Ich wusste, dass ich gereizt war, aber es brachte mich auf die Palme, wenn jemand schlecht über Delia redete. *Ich* durfte mich stundenlang darüber verbreiten, wie sie mich manchmal nervte, aber bei anderen Leuten hatte ich dann große Lust, auf irgendwas einzudreschen.

»Entschuldige, Cain. Ich hab ja nur gemeint.« Rebecca klang verletzt, und sofort wusste ich, dass ich zu hart gewesen war. Außerdem musste ich mich ja auch nicht immer für Delia einsetzen.

»Tut mir Leid«, sagte ich bedauernd. »Ich schätze, ich verhalt mich etwas zu sehr wie der große Bruder, wenn das Gespräch auf Delia kommt. Andrew weiß, was ich meine, oder?«

Ich drehte mich um und erwartete, dass Andrew die ganze Sache mit einem Witz beenden würde. Aber er war aufgestanden und gegangen. Ich sah noch, wie er zur Getränkebude hinunterging.

»Mach dir nichts draus«, sagte Rebecca und legte eine Hand auf mein Knie. »Wir werden schon andere Themen finden als Delia.«

Ich nickte und legte einen Arm um sie. »Lass uns über uns reden.«

Als Rebecca mir dann davon vorschwärmte, wie toll ihr Kleid für das Schulfest wär, hab ich mich heimlich auf der Tribüne umgesehen.

Ein paar Reihen über uns saßen Delia und James. Sie hatten sich in eine Decke gewickelt, und ich konnte nicht erkennen, ob sie und Saugnapf (wie ich ihn immer nannte) Händchen hielten oder nicht. Nicht, dass es mich groß interessierte. Nur so, vom rein wissenschaftlichen Standpunkt aus, fand ich es immer interessant, Delia in Situationen zu beobachten, die ihr Schwierigkeiten machten. Mit anderen Worten, ich war neugierig.

Ellen saß hinter ihnen. Ich war sicher, dass der Typ neben ihr ihre Verabredung zum Fest war, aber sie saßen bestimmt einen Meter auseinander. Ellen sah ziemlich unglücklich aus, und ich musste lachen. Delia hatte mir von Ellens Wonderbra erzählt, deshalb kniff ich meine Augen zusammen und sah genauer hin. Soweit ich es beurteilen konnte, sah sie aus wie immer. Allerdings hatte sie einen dicken Pullover an. Ich nahm mir vor, bei dem Schulfest einmal näher darauf zu sehen.

Mein Blick wanderte unfreiwillig zurück zu Delia. Verzweifelt wollte ich wissen, was da unter der Decke vorging. Aber genau in dem Moment sah sie in meine Richtung. Ihre Augen wurden zuerst größer, aber dann sah sie schnell woanders hin. Ich spürte, wie ich rot wurde. Hatte sie gedacht, ich starre sie an?

Rebeccas Stimme holte mich aus meinen Gedanken. »Und mein Vater hat gesagt, dass ich zwei Stunden länger bleiben darf als sonst. Ist das nicht toll?«

Ich drückte sie so fest, wie ich konnte. »Toll. Wirklich toll.«

»Ja, nicht? Besonders weil der Star aus dem Basketballteam noch eine Party nach dem Fest macht. Das ist zwar nur mit Einladung, aber ich bin sicher, wir stehen auf der Liste.«

Ich stöhnte auf und sah wieder hinüber zu Delia. Kurz trafen sich unsere Blicke, bevor sie aufsprang. Dabei glitt die Decke von ihrem Schoß, und tatsächlich – sie und Saugnapf hielten Händchen.

Ich schloss die Augen und fragte mich, ob sie es auch so schwer fand wie ich, nach der großen Liebe zu suchen. Irgendwie schien es mir nicht so.

Kapitel 9

Delia

Schulfeste haben jedes Mal ein besonderes Thema. Es gibt nie einfach nur eine Party in der Schule mit cooler Beleuchtung und einer Band. Es scheint ein ungeschriebenes Gesetz zu geben, dass irgendein Dekorationskomitee sich immer etwas einfallen lassen muss. Für dieses Schulfest hatte das Komitee das Thema »Ein Abend in Paris« gewählt.

Ich muss allerdings zugeben, dass die Sporthalle sehr schön aussah, jedenfalls was die Maßstäbe an unserer Schule betrifft.

Weiße Lampen hingen überall an den Wänden und sogar an der Decke. Im ganzen Saal standen kleine Caféhaustische mit schmiedeeisernen Stühlen und Kerzenhaltern. An den Wänden hingen große, von Schülern gemalte Bilder berühmter Pariser Sehenswürdigkeiten. Und direkt unter dem Basketballkorb stand eine Nachbildung des Eiffelturms aus Pappmaschee. Es war zwar nicht wie in Paris direkt, aber ich muss dem Komitee meine Anerkennung aussprechen. Es muss Stunden gedauert haben, allein die ganzen Lampen aufzuhängen.

James und ich waren früh zu dem Fest gegangen, weil die Radio Waves ja ihre Anlage aufbauen und einen Soundcheck machen mussten. Sie spielten schon, was das Zeug hielt, obwohl noch nicht viel Leute da waren. Ich beobachtete immer abwechselnd James beim Singen und andere Mädchen, wie sie James beim Singen zusahen. Ihre verzückten Gesichter und die verklärten Augen erinnerten mich an mich selbst.

»Und wie gefällt's dir in Paris?«, fragte mich Ellen. Sie stand plötzlich hinter mir, und ich freute mich total, sie zu sehen. So toll James auch auf der Bühne aussah, hatte ich es doch satt, allein rumzustehen.

»Nicht schlecht. Aber wo ist die Seine?«

Ellen lachte. »Wenn genug Gläser verschüttet worden sind, wird sie mitten durch die Halle fließen.«

»Hey, was ist mit Sam?«

Ellen hatte sich ja mit James' Freund Sam verabredet. Sie waren mit uns hergefahren, aber jetzt war Sam nirgendwo zu sehen.

»Er hängt draußen auf dem Parkplatz mit ein paar Freunden rum. Ich glaube, wir können ihn getrost als Mister Richtig ausschließen.«

»Du siehst echt spitze aus. Du solltest mal einen Blick auf andere interessante Angebote werfen.«

Ellen sah wirklich unglaublich aus. Wir waren beide noch mal zu Duval's gegangen und hatten die Kleider gekauft, die wir ausgesucht hatten. Ellen sah von Kopf bis Fuß wie eine Dame aus, obwohl ich überzeugt war, dass sie den Wonderbra wirklich nicht nötig hatte.

»Ich hab schon einen Typen getroffen. Er stand allein neben dem Eiffelturm. Schätze, ich werd mal wieder rübergehen. Stadtrundfahrten machen immer viel mehr Spaß mit einem kundigen Führer.«

Als sie gegangen war, kam ich mir vor wie ein Mauerblümchen. Der Saal hatte sich langsam gefüllt, und ich war die Einzige, die allein herumstand. Ich langweilte mich, und ich war frustriert. Die Radio Waves würden den Rest des Abends spielen, und alle, die ich kannte, tanzten.

Meine neuen Schuhe drückten, und deswegen setzte ich mich an einen der Caféhaustische. Von meinem neuen Aussichtspunkt aus sah ich, dass Cain mit Rebecca, Patrick und Carrie hereingekommen war.

Ich konnte Cains Anwesenheit in einem Raum immer spüren. In den letzten Jahren hatte ich so was wie ein Peilgerät in mir entwickelt, und ich wusste immer, wo er sich gerade befand. Manchmal kam es mir fast so vor, als hätten wir eine Art telepathischer Fähigkeiten, über die die Leute in Talkshows dauernd reden.

Ich beobachtete, wie Cain und Rebecca zur Tanzfläche gingen. Dann lehnte ich den Kopf gegen die Wand und schloss die Augen. Es war ein langer Tag gewesen, und er würde noch ein paar Stunden dauern.

Meine Augen flogen allerdings auf, als ich James ins Mikrofon sprechen hörte. »Den nächsten Song möchte ich Delia Byrne widmen«, sagte er mit seiner tiefen Stimme. »Sie ist mein ›Brown-Eyed Girl‹.«

Hunderte Blicke richteten sich sofort auf mich. Ich stand auf und winkte James zu. Ich wurde rot, und mein Puls ging doppelt so schnell. Noch nie hatte jemand für mich ein Lied gesungen. Das war schon irgendwie megatoll. James lächelte, und ich bebte vor Freude. Die Radio Waves begannen mit ihrer Version von Van Morrisons »Brown-Eyed

Girl«. Es war ein langsames und vibrierendes Lied, wie geschaffen für einen »Abend in Paris«.

Und trotzdem: Obwohl ich einem Lied zuhörte, das nur für mich gespielt wurde, war ich deprimiert. Ich hatte noch nicht einmal getanzt, stand nur an der Seite und sah dabei zu, wie alle anderen sich vergnügten.

»Darf ich Sie um diesen Tanz bitten, Madame?«

Ich wirbelte herum. Neben mir stand Cain und zwinkerte mir zu. Er sah klasse aus in seinem marineblauen Anzug und mit Krawatte. Und die Haare hatte er sich auch schneiden lassen. Im Grunde sah er aus wie ein Fotomodell auf einem Katalog.

»Das Vergnügen ist ganz auf meiner Seite, Monsieur«, antwortete ich und umarmte ihn.

Cain suchte die Tanzfläche ab, und ich nahm an, dass er einen Blick auf Rebecca werfen wollte. Aber ich hatte falsch gedacht. »Also ist Andrew doch nicht gekommen«, sagte er.

»Rachel ist auch nicht hier.«

Cain schüttelte den Kopf. »So ein Blödsinn, oder? Wahrscheinlich sitzen sie total schlecht drauf zu Hause.«

»Bloß gut, dass es uns nicht so geht«, sagte ich.

Cain drückte mich. »Gott sei Dank«, stimmte er zu. Dann schwiegen wir beide.

Wir hatten noch nicht oft zusammen getanzt. Er hatte zwar kein Schulfest ausgelassen, aber ich war nur ein paar Mal mitgegangen. Und wenn, dann wollte ich meistens bloß möglichst schnell wieder weg.

»Du siehst spitzenmäßig aus, Delia«, sagte Cain und sah

mir in die Augen. Wir gingen in die Mitte der Tanzfläche, und er hatte seine Arme ziemlich eng um mich gelegt. Aber er hatte ja keine andere Wahl – schließlich tanzten wir zu einem langsamen Lied, sodass er mich eng umfassen *musste*.

»Meinst du das ehrlich?«, fragte ich. Cain machte mir so gut wie nie Komplimente, wir zogen uns sonst eigentlich eher liebevoll auf. Er nickte. »Ja.«

»Danke. Aber warum bist du so nett? Das ist ja ganz was Neues.«

Ich hörte James' Stimme im Hintergrund, aber ich konzentrierte mich voll auf Cain.

Er lachte. »Bin ich denn nett? Vergiss es, lass mich einfach links liegen.« Er drehte und wirbelte mich herum. Sein ernster Gesichtsausdruck war völlig verschwunden. »Hey, glaubst du, dass das Kleid hält? Es sieht aus, als ob's gleich platzt.«

Jetzt war er wieder der Cain, den ich kannte. »Ach ja? Na, dann lass mich dich auch was fragen«, sagte ich. »Wie viele Tuben Haargel hast du heute Abend verbraucht? Drei oder vier?« Wir lachten beide laut los. Und als James das Tempo etwas erhöhte, tanzte ich mit Cain eine Art Tango. Wir schossen über die Tanzfläche und zwangen die anderen, den Weg für uns freizumachen.

Als die Musik wieder langsamer wurde, hatten wir die andere Seite der Sporthalle erreicht. Dort war es zwar ziemlich dunkel, aber wir tanzten trotzdem weiter. Cain drückte mich wieder an sich, und ich legte plötzlich meine Arme um seinen Hals.

Ich war völlig außer Atem. Und ich spürte gleichzeitig meinen Puls, der bestimmt hundertmal in der Sekunde ging, und Cains muskulösen Körper, wie er sich an mich drückte.

Ich neigte etwas meinen Kopf, um ihm in die Augen zu sehen. Cains Mund war nur Millimeter von meinem entfernt. Die Zeit schien stehen zu bleiben, und ich konnte meine Augen nicht von seinem durchdringenden Blick abwenden. *Das ist es also, was andere Mädchen sehen,* dachte ich. *Das ist der Cain, den ich nicht kenne.*

Ich brachte meinen Kopf noch näher an seinen und schloss die Augen. Mir war zwar flau im Magen, aber ich konnte nicht anders.

»Darf ich abklatschen?«, hörte ich plötzlich eine aufgeregte Stimme.

»Rebecca!«, sagte Cain und löste sich abrupt von mir. »Ich wollte dich gerade suchen.«

»Hier bin ich«, sagte sie und übersah mich geflissentlich.

»Da bist du«, sagte ich und ging einen Schritt zurück. »Wir sehen uns noch, Cain.«

Ich drängte mich durch die Paare auf der Tanzfläche und suchte Ellen. Ich musste jetzt unbedingt mit jemandem über diese bescheuerten Schulfeste lästern.

Auf halbem Weg drehte ich mich noch mal um, um einen Blick von Cain zu erhaschen. Er starrte mich an, aber ich war schon zu weit weg, um den Ausdruck in seinen Augen deuten zu können. Ich hielt den Atem an und war wie gelähmt.

In dem Moment küsste Rebecca ihn, und damit war der

Bann gebrochen. Ich war mir nicht ganz sicher, was gerade zwischen Cain und mir passiert war, aber ich hoffte und betete, dass es niemals wieder passieren würde – was immer es gewesen sein mochte.

»Wahnsinn«, sagte James Stunden später. »Es macht einen Riesenspaß, vor so vielen Leuten zu singen.«

Es war fast ein Uhr morgens, und ich hatte eine Stunde vorher meine Mutter angerufen, dass ich später kommen würde. Das Fest war vorbei, und die Band packte nur noch ihre Anlage ein.

»Ihr wart super«, sagte ich und verstaute einen Haufen Verlängerungskabel in einer Tasche. »Alle waren hin und weg.«

»Was soll ich sagen? Rock 'n' Roll liegt mir eben im Blut.« James nahm seine zwölfsaitige Gitarre und setzte sich auf einen der Caféhausstühle. Er spielte einen Bluesriff und summte dazu.

»Kann ich euch noch was helfen?«, fragte ich und sah auf die leere Bühne. Ich war müde, und ich musste früh aufstehen, um auf Nina aufzupassen.

James nahm meine Hand und zog mich in den Stuhl neben sich. »Ich hab den Ich-will-Delia-nicht-nach-Hause-bringen-Blues«, sang er und wiederholte den Riff auf der Gitarre.

Ich lachte. »Nun mach schon, Mick Jagger. Mein Vater benachrichtigt glatt die Nationalgarde, wenn ich nicht bald zu Hause bin.«

Als wir vor unserem Haus hielten, brannte die Haustürlampe noch. Hinter den Vorhängen konnte ich die Silhouette meiner Mutter sehen, die so lange auf mich gewartet hatte.

James stellte den Motor ab und machte die Scheinwerfer aus. Er drehte sich auf seinem Sitz um und legte eine Hand um mich. Er zog mich zu sich heran und küsste mich – leidenschaftlicher als jemals zuvor.

Ich fühlte mich, auch geschützt durch die dunkle Nacht, in einen warmen Kokon eingesponnen. Bilder vom Footballspiel, vom Fest und sogar von meiner Mutter, wie sie auf mich wartete, gingen mir durch den Kopf. Ich spürte nur noch Hände, Lippen und unseren Atem.

Gänsehaut lief mir den Rücken rauf und runter, und jede Faser meines Körpers war angespannt. »Cain«, flüsterte ich und strich mit meinen Fingern durch seine Haare.

Gleich darauf blieb mir das Herz stehen. Ich machte die Augen auf und konnte nicht glauben, was ich da gerade gesagt hatte. Ich hatte James eben Cain genannt. Was war bloß in mich gefahren? Und hatte er es mitbekommen?

Ich zog meinen Kopf etwas weg und starrte James an. Er umarmte mich nur noch heftiger und drückte mich dabei ganz fest. Offensichtlich hatte er nichts gehört. Darüber war ich zwar unheimlich froh, aber ich konnte mich nicht mehr auf seine Küsse konzentrieren. Cains Name hallte in meinem Kopf wider und lachte mich aus. Warum hatte ich das gesagt? Was war denn los mit mir?

Ich versuchte, klar zu denken. Ich sagte mir, dass es überhaupt nichts bedeutete, schließlich hatte ich Cain heute Abend gesehen, und er ging mir halt einfach noch durch den Kopf. Und es hatte nichts damit zu tun, dass ich glücklich war, mit James zusammen zu sein.

»Ich möchte dich am liebsten immer küssen«, sagte James und hielt sanft meine Hände zwischen seinen.

»Ich liebe dich«, flüsterte ich und lehnte mich an seine Schulter.

Ich hatte das vorher noch nie zu einem Jungen gesagt (außer zu Cain, aber das war etwas anderes), und ich hatte mir immer vorgestellt, dass alle Glocken läuten und ein Feuerwerk losgehen würde, wenn es einmal so weit war. Nichts davon spürte ich bei James, aber wahrscheinlich hatte ich einfach zu viel erwartet. In dem Moment war ich sicher, dass ich wirklich meinte, was ich gesagt hatte. James Sutton war mein Schicksal. Zumindest zeitweise.

Erst als ich das Licht auf meinem Nachttisch ausmachte, stellte ich fest, dass James nicht »Ich liebe dich auch« zu mir gesagt hatte. Aber ich war sicher, er würde es tun – bald.

»Hast du den ganzen Abend getanzt?«, fragte Nina, als sie eine Familienpackung Eis aus dem Gefrierfach nahm.

Ich holte zwei Eisbecher und Löffel. »Nein. James hat mit seiner Band gespielt, und deswegen hatte ich niemanden, mit dem ich tanzen konnte.«

In den letzten Monaten war Ninas Interesse an Jungen und Verabredungen voll entbrannt. Sie stellte mir endlos Fragen über Cain und James und wollte unbedingt den Unterschied wissen zwischen einem Jungen, der »nur ein Freund« ist, und einem festen Freund.

Als ich am Morgen zu ihr gekommen war, war sie um mich herumgehüpft und ganz scharf darauf, alles von dem Fest zu erfahren. Ich fragte mich, ob ich je Schulfeste durch so eine rosarote Brille gesehen hatte. Und als ich Ninas niedliches, glückliches Gesicht sah, kam ich mir vor wie eine verbitterte alte Frau.

»Mach dir keine Sorgen. Du gehst bestimmt noch auf ein paar hundert solcher Feste. Ich wette, jeder Junge in deiner Klasse reißt sich um die Gelegenheit, mit dir gehen zu dürfen.« Ich machte zwei Portionen Eis fertig und stellte einen Becher vor Nina hin.

»War Cain auch da?« Seit sie und ihre Freundinnen nach Jungs verrückt waren, war Nina noch mehr in Cain verliebt.

»Ja. Er war mit Rebecca da, seiner Freundin.«

Nina runzelte die Stirn – sie mochte den Gedanken überhaupt nicht, dass Cain mit einem Mädchen ausging, das sie noch nie gesehen hatte. »Und hast du mit ihm getanzt?«

»Ja, einmal.« Ich hoffte, dass Nina nicht mitkriegte, wie ich rot wurde. Ich spürte, wie mein Gesicht heiß wurde bei dem Gedanken an die Spannung, die zwischen mir und Cain bei »Brown-Eyed Girl« bestanden hatte. Aber es war nun wirklich nichts, was ich Nina erzählen wollte.

»Glaubst du, dass Cain mich mal mitnimmt?«

Ich lachte. »Ist er nicht ein bisschen zu alt für dich?«

Nina zuckte mit den Schultern. »Ich bin ganz schön reif für mein Alter.«

Ich nahm einen großen Löffel Eis. »Ich werd mal ein gutes Wort für dich einlegen«, sagte ich grinsend.

Nina stopfte einen Moment schweigend Eis in sich hinein, dann sah sie mich mit ernster Miene an. »Werdet ihr mal heiraten?«

Ich verschluckte mich fast. »Nein!« Ich hatte Nina schon x-mal erklärt, dass Cain und ich nur Freunde waren, aber sie bestand darauf, dass er der ideale Mann für mich wäre.

Nina sah mich nachdenklich an. »Na ja, ich glaube schon, dass du ihn heiraten solltest. Und ich werd dann eure Brautjungfer.«

Aus Erfahrung wusste ich, dass es keinen Zweck hatte, ihr zu widersprechen, also schüttelte ich nur den Kopf und verdrehte die Augen. Die Kleine musste noch viel über die Liebe lernen.

Kapitel 10

Cain

Rebecca und ich räkelten uns auf einer Decke und aalten uns in der Sonne draußen am See. Ich sah übers Wasser und dachte daran, wie glücklich ich war. Ich war jung und verliebt.

Hinter mir hörte ich helles Lachen, und ich drehte mich um. Aber es war nicht Rebecca. Es war Delia. Mit der Hand schützte sie ihre Augen vor der Sonne und streckte ihre braunen Beine aus.

Ohne zu fragen, wo sie so plötzlich hergekommen war, legte ich meinen Kopf in ihren Schoß und lächelte sie an. Langsam beugte sie sich runter zu mir und küsste die empfindliche Stelle hinter meinem Ohrläppchen. Dann bewegte sie ihren Mund langsam zu meinem, und ich wühlte mit meinen Händen in ihren Haaren. Ich setzte mich auf und verstärkte den Druck meiner Lippen. Im nächsten Moment umarmten wir uns und hielten uns so fest, dass ich dachte, wir seien zwei Hälften einer Person …

Als ich Delia gerade küsste, wachte ich auf. Mein Herz pochte laut, und Schweiß stand mir auf der Stirn. Mir war, als wär ich völlig aus dem Gleichgewicht geraten. Was war eben passiert?

Natürlich hatte ich von Delia schon oft geträumt. Jeder,

den ich kannte, war irgendwann einmal in meinen Träumen aufgetaucht. Aber ich hatte noch nie geträumt, dass wir uns *küssten.* Ich fühlte mich, als hätte mir jemand ins Gesicht geschlagen. *Rebecca* war doch diejenige, von der ich träumen sollte! Sie war meine Freundin, und in sie war ich verliebt. Aber dieser lange Kuss mit Delia war so echt gewesen, dass meine Lippen schmerzten, wenn ich nur daran dachte.

Mein Wecker zeigte 12.15 Uhr. Ich war sauer, dass ich so lange geschlafen hatte, stiefelte ins Badezimmer, um mir die Zähne zu putzen, und verdrängte alle Gedanken an Delia aus meinem Kopf.

Jeder weiß doch, dass Träume nichts bedeuten. Und wenn ich von einem Kuss mit Delia geträumt hatte, hieß das noch lange nicht, dass ich es auch wirklich wollte. Gut, wir hatten eng zusammen getanzt, aber einen unschuldigen Traum von ihr zu träumen, war doch nur natürlich.

Ich klatschte mir kaltes Wasser ins Gesicht und beschloss, mich auf die Socken zu machen, um irgendwo in ein Basketballspiel einzusteigen. Ein bisschen Training konnte nicht schaden. Der Traum von Delia hatte nichts zu bedeuten. »Überhaupt nichts«, sagte ich zu meinem Spiegelbild. »Null. Absolut nichts.«

»Hallo, Cain, wie war das Fest?«, fragte mich Andrew am Montagmorgen.

Wir hockten wieder wegen unseres Referats in der Bibliothek. Das Thema waren die ägyptischen Pyramiden, und während ich mich um den historischen Hintergrund kümmerte, beschäftigte Andrew sich mit den Bauten und den Grabstätten.

»Die Band hat zwar genervt, aber ich hab mich trotzdem amüsiert.«

Andrew runzelte die Stirn. »Das ist aber komisch. Ich hab die Radio Waves ein paar Mal gehört, und ich glaube, dass sie ganz gut sind.«

»Jedem das seine.« Ich zuckte mit den Schultern und schlug ein Geschichtsbuch auf. »Übrigens, Rachel war auch nicht da.«

Wie ich vermutet hatte, brachte das Andrew sofort von den Gedanken über James und seiner blöden Band weg. Er schaute hinüber zum Schalter, und wie aufs Stichwort kam Rachel in die Bibliothek und setzte sich vor ihren Computer. Ich sah sie kurz in unsere Richtung blicken, dann drehte sie sich weg.

Andrew schob seinen Stuhl zurück. »Mir ist gerade eingefallen, dass ich vergessen hab, eins der Bücher zurückzugeben. Bin gleich wieder da.«

Ich lehnte mich zurück, um Andrew zu beobachten. Ich wünschte mir, er würde Rachel einfach fragen und damit seine Leiden beenden. Andrew gab ihr ein Buch und stand dann eine Minute händeringend da. Nachdem er ein paar Sätze mit ihr gewechselt hatte, kam er wieder zurück an unseren Tisch.

»Und wie war's?«, fragte ich und klopfte ihm auf den Rücken.

»Furchtbar. Ich stell mich bei ihr an wie ein Vollidiot.« Er legte den Kopf in seine Hände, aber ich sah, wie er durch die Finger Rachel anstarrte.

Ich ließ Andrew mit seinem Leid allein und beschäftigte mich wieder mit dem Buch. Das Referat sollte in einer Woche fertig sein, und wir mussten noch eine Menge über die Pharaonen lernen.

»Ich bin noch nicht mal ein halbes Jahr hier, und schon hab ich mit den richtigen Leuten Freundschaft geschlossen«, sagte Rebecca am Mittwochnachmittag. Wir saßen in meinem Auto und hatten uns gerade bestimmt eine Viertelstunde geküsst.

Wie immer rumorte es in meinem Magen, wenn Rebecca davon sprach, dass immer mehr aus unserer Stadt sie kannten. Sie kannten und sie einbezogen, wenn irgendwas los war. Zuerst hatte ich gedacht, dass sie wirklich nur Leute kennen lernen wollte. Aber jetzt war es so, als wäre sie geradezu davon besessen. Sie war auch sogar schon richtig gemein zu einigen gewesen, die nicht »in« waren.

»Schön«, sagte ich lustlos. »Dann ist dein Leben ja vollkommen.«

Rebecca nickte. »Und das hab ich alles dir zu verdanken.« Sie warf ihre Haare über die Schulter und sah mich kokett an. »Gott sei Dank hab ich dich getroffen.«

»Was meinst du damit?«, fragte ich möglichst lässig, obwohl ich mich innerlich leer fühlte.

»Na ja, weil dich alle mögen, mögen sie mich auch alle. Du bist mein guter Engel.«

In den letzten Wochen hatte ich mir eingeredet, dass Rebecca mich liebe – und ich sie. Aber die Zweifel, die ich verdrängt hatte, stiegen nun wieder in mir auf …

Rebecca hatte nie ein wirkliches Interesse gehabt, meine Freunde kennen zu lernen – außer sie waren Cheerleader oder Sportler. Und immer, wenn sie mir sagte, wie sehr sie mich mochte, folgte garantiert das Wort *Beliebtheit* im nächsten Satz. Im Grunde war ich für Rebecca mehr eine Trophäe als ihr Freund.

Und urplötzlich wurde mir klar, dass ich mich gezwungen hatte, mich in Rebecca zu verlieben, weil ich die Wette gewinnen wollte. Und sosehr Rebecca auch an ihrem Fortkommen interessiert sein mochte, meine Motive waren auch nicht besser als ihre.

Rebeccas muntere Stimme unterbrach meine Gedanken. »Ich finde, wir sind das bestaussehendste Paar an der Schule, oder?«

Ich nickte, hatte dabei aber das Gefühl, als würde die ganze Welt auseinander fallen.

Am Donnerstagabend saßen Delia und ich bei ihr im Wohnzimmer und guckten *Die große Liebe meines Lebens*. Der Film gehörte auch zu unseren Lieblingsfilmen, und ich fühlte mich zum ersten Mal entspannt, seit Rebecca mich als ihren »guten Engel« bezeichnet hatte.

Delia starrte schweigend in den Fernseher und stopfte sich mechanisch mit Popcorn voll. Obwohl ich nicht gerade begeistert war von der Aussicht, Delia unter die Nase zu reiben, dass ich die Wette womöglich verlieren würde, wollte ich doch mit ihr über Rebecca reden. Und überhaupt, sie war meine beste Freundin, und sie wusste eine Menge mehr über Frauen als ich.

»Delia, ich glaube, Rebecca ist so eine Art Streberin«, sagte ich und nahm mir eine Hand voll Popcorn.

»Ach, wirklich«, antwortete Delia seufzend.

»Na ja, ich glaube, dass ich nicht so verliebt in sie bin, wie ich dachte.«

»Hmm«, sagte Delia abwesend.

»Delia, hörst du mir überhaupt zu?« Ich stieß sie in die Rippen.

»Glaubst du, dass James immer noch in Tanya verliebt ist?«, fragte sie mich, anstatt mir auf meine Frage zu antworten.

»Delia, ich hab dir gerade gesagt, dass ich vielleicht Rebecca nicht mehr liebe.«

Sie setzte die Tüte Popcorn ab und sah mich an. »Weißt du, Ms Heinsohn hat James aufgefordert, das Gedicht laut vorzulesen, das er geschrieben hat.« Ganz offensichtlich hatte Delia kein Interesse an dem, was ich sagte.

»Ach ja?«

Sie runzelte die Stirn. »Es war ein Liebesgedicht.«

»Bitte, verschon mich mit Details.« Ich war echt nicht in der Stimmung, etwas von James Saugnapfs blumigen Ergüssen zu hören.

»Das Gedicht drehte sich nicht um mich, Cain.«

»Was?« Ich muss zugeben, dass jetzt meine Neugier geweckt war.

»Na ja, es handelte nur von Verlust und ›mörderischer

Entfernung‹, wie er es ausgedrückt hat.« Delia biss sich auf die Lippe und schüttelte den Kopf.

»Und?« Ich spürte, dass sie auf etwas hinauswollte.

»Ich glaube, er hat das Gedicht für Tanya geschrieben – was bedeuten würde, dass er mich nicht wirklich liebt.« Ich schwöre, dass ich ein leichtes Schimmern in ihren Augen gesehen habe.

»Der ist nun mal so ein Idiot. Du solltest lieber Schluss machen, wenn er immer noch Tanya liebt.«

Plötzlich hatte ich eine Idee. Wenn Delia sich von James und ich mich von Rebecca trennen würde, dann hätten wir beide aber trotzdem unsere Wette erfüllt. Wer weiß? Vielleicht würde ich mich vor dem Winterball noch mal verlieben. Möglich war alles.

»James ist kein Idiot!«, rief Delia. »Wenn du das noch mal sagst, reiß ich dir den Kopf ab. Halt bloß den Mund!«

Langsam hatte ich die Nase voll von Delia. Sie hatte selbst gesagt, dass James noch seine Exfreundin liebte. Wenn ihn das nicht als Idiot qualifizierte, was dann?

»Gut. Und was *willst* du mir nun sagen?«

Delia ließ sich gegen die Lehne plumpsen. »Tanya kommt zum Erntedankfest nach Hause. Meinst du, ich sollte mir Gedanken machen?«

»Wenn du nicht willst, dass ich James einen Idioten nenne, hab ich dazu nichts zu sagen«, sagte ich gereizt.

Delia vergrub ihr Gesicht in einem Kissen. »Cain, würdest du bitte gehen? Ich möchte gern allein sein.« Sie machte den Fernseher aus und schloss die Augen.

Ohne mich zu verabschieden, stapfte ich hinaus. Ich

hatte mich ernsthaft mit Delia unterhalten wollen, und sie dachte bloß an diese Niete, die sie ihren Freund nannte.

Als ich nach Hause fuhr, sah ich Rebecca plötzlich in einem völlig neuen Licht. Sie mochte einige Probleme haben, aber wer hatte die nicht? Jedenfalls war sie immer glücklich, mich zu sehen – und sie hatte mich noch nie rausgeschmissen.

Ich drehte um. Rebecca wäre nämlich sehr froh, mich in diesem Moment zu sehen.

Kapitel 11

Delia

Sonntag, 19. November
An einem langweiligen Nachmittag ...

Es ist bitterkalt heute. Und meine Stimmung ist auch nicht viel besser. Seit James sein Gedicht vorgelesen hat, hab ich mit Ellen immer wieder darüber gesprochen. Jetzt, wo Tanya als Drohung sozusagen über meinem Kopf hängt, verhalte ich mich bei James immer ... Besitz ergreifender. Ich find mich selbst nicht so toll dabei.

James hat ihren Namen seit einiger Zeit nicht mehr erwähnt, und natürlich hab ich mit ihm nicht über das Gedicht gesprochen. Das wäre nun wirklich das Letzte. Ich muss gestehen, dass genau die Situation, in der ich mich jetzt befinde, mich immer davon abgehalten hat, mich zum ersten Mal zu verlieben. Aber alles wird gut werden. Hoffe ich.

Am Mittwoch vor dem Erntedankfest hatten wir mittags Schulschluss und dann zwei Tage frei. Nach der Schule traf ich James an seinem Schließfach, wo er mit einem aus seiner Band herumstand. Als ich näher kam, hörten die beiden auf zu reden und sahen mich an. »Alles klar mit morgen Abend?«, fragte ich und legte einen Arm um ihn.

»Wie könnte ich das vergessen«, antwortete er und küsste mich auf die Stirn. In seinen schwarzen Jeans und dem karierten Hemd sah er umwerfend aus.

»Also dann um acht.« Ich ging den Flur hinunter und fühlte mich zum ersten Mal wieder gut, seit ich dieses blöde Gedicht gehört hatte.

Wenn er mit Tanya Zeit verbringen wollte, hätte er sich nicht mit mir verabredet. Wie Ellen schon gesagt hatte, war ich langsam wahrscheinlich wirklich etwas gestört.

Am Donnerstagabend deckten meine Mutter und ich den Tisch für das Truthahnessen. »Und Cain kommt heute also nicht?«, fragte meine Mutter und gab mir eine Fleischgabel von unserem guten Besteck.

Ich schüttelte den Kopf. Cain kam gewöhnlich an allen wichtigen Feiertagen zu uns, aber in diesem Jahr hatten wir's einfach vergessen. Seit unserer Auseinandersetzung bei *Die große Liebe meines Lebens* in der letzten Woche war unsere Freundschaft nicht mehr so wie früher.

»Er und James sind nicht gerade Freunde«, sagte ich. Ich stellte die Teller auf den Tisch und ließ reichlich Platz für die silbernen Kerzenständer, die meine Mutter immer zu besonderen Anlässen hervorholt.

»Das ist schade«, sagte meine Mutter. »Oma hat sich schon so gefreut, Cain zu sehen. Sie sagt, er bringt sie immer zum Lachen, und dann vergisst sie plötzlich alle ihre Krankheiten.«

Ich zuckte mit den Schultern. »Na ja, sie sollte sich auch freuen, James kennen zu lernen. Schließlich ist er mein Freund.«

»Nun lass dir mal deswegen keine grauen Haare wachsen, kleines Dummerchen. Ich bin sicher, dass Oma und Opa auch James nett finden werden. Ich wollte damit nur sagen, dass sie sich gefreut hätten, Cain zu sehen.«

»Vielleicht zu Weihnachten, Mama.«

Als das Telefon klingelte, sank meine Stimmung augenblicklich – es muss meine weibliche Intuition gewesen sein. Ich nahm den Hörer in der Küche beim zweiten Klingeln mit zitternden Händen ab.

»Hallo?«

»Hey, Delia«, sagte James. Er hörte sich verführerisch wie immer an.

»Hi, James.« Ich atmete tief durch. Vielleicht rief er ja nur an, um zu fragen, ob er etwas mitbringen solle.

»Hör mal, ich kann heute leider doch nicht kommen.«

Ich versuchte, nicht ganz allzu enttäuscht zu klingen. »Schlecht, sehr schlecht. Machen dir deine Eltern das Leben schwer, oder was?«

Ich schaute hinüber zu meiner Mutter, die vorgab, nicht zuzuhören.

»Äh, ja. Du weißt ja, wie das ist. Meine Großeltern sind hier und so.«

»Ja, meine kommen auch.« Ich zog die Telefonschnur so lang wie möglich, um außer Hörweite meiner Mutter zu kommen.

»Ich ruf dich mal am Wochenende an, ja?«

»Okay.« Als ich aufgelegt hatte, machte ich mich schon auf die Kommentare meiner Mutter gefasst. Zumindest würde sie sagen, dass Cain noch nie in letzter Minute abgesagt hatte.

Aber sie öffnete nur die Küchentür und rief: »Essen ist fertig. Alle Platz nehmen.«

Ich setzte mich hin und sah erst jetzt, was da für eine riesige Menge an aufgeschnittenem Truthahn auf einem Teller neben dem meines Vaters lag. Das arme Vieh war nicht besser dran als ich. Plötzlich hatte ich keinen Appetit mehr.

Als es klingelte, sprang ich von meinem Stuhl auf und rannte zur Haustür.

Ich hatte erwartet, James zu sehen, vielleicht mit einem Blumenstrauß in der Hand. Aber stattdessen stand da Cain. Er hatte einen Kürbiskuchen dabei, und auf seinem Parka lag etwas Schnee.

»Spezielle Hauslieferung für die Familie Byrne«, sagte er und kam herein.

Impulsiv umarmte ich ihn. Ich hatte vergessen, dass ich immer auf Cain zählen konnte, um meine Stimmung zu verbessern – selbst wenn ich total deprimiert war.

»Solltest du nicht lieber den Kuchen von deiner Mutter zu Rebecca mitnehmen?«, fragte ich.

Er machte seinen Parka auf und zog ihn aus. »Die sind nach New York gefahren, um Freunde zu besuchen. Übrigens, du glaubst doch wohl nicht, dass ich unsere Traditionen vergesse, oder?« Er zog an meinem Pferdeschwanz und ging ins Zimmer.

»Cain!«, hörte ich meine Großmutter rufen. »Schneit's schon wieder?«

Cain ging zu ihr hinüber und gab ihr einen Kuss auf die Wange. »Es hat gerade angefangen, Mrs Byrne. Mutter Natur muss gehört haben, dass Sie in der Stadt sind.«

Wie ich schon sagte, Cain hatte diese Gabe, alle Leute für sich einzunehmen. Und egal, wie schlecht seine Witze waren, meine Großmutter lachte immer über sie.

»Ach, Kinder«, sagte sie. »Ich freu mich, euch zu sehen. Obwohl Delia heute mit so einem Jammergesicht rumläuft, als hätte sie gerade ihren letzten Sonnenaufgang gesehen.«

Cain schaute flüchtig in die Runde und sah mich dann stirnrunzelnd an. Ich zuckte bloß mit den Schultern.

»Nun steh hier nicht rum mit dem Nachtisch in der Hand«, unterbrach mein Vater. »Geh und hol dir einen Teller.«

Als Cain in der Küche verschwand, setzte ich mich wieder an den Tisch. Plötzlich schien mir Kürbiskuchen die perfekte Arznei gegen meine Melancholie.

»Lass uns einen Spaziergang im Schnee machen«, sagte Cain zu mir eine Stunde später.

Wir saßen alle um den Kamin herum und hatten den Kuchen vertilgt, den er mitgebracht und der so gut geschmeckt hatte wie einer von meiner Mutter. Meine Großeltern dösten in ihren Sesseln, und mein Vater sah aus, als würde er es ihnen gleich nachmachen. Es schneite stark, und unser Rasen war schon mit einer glitzernden Schneedecke überzogen.

»Ja, jetzt ist es richtig schön«, stimmte meine Mutter zu. »Morgen ist wahrscheinlich schon wieder alles Matsch.«

Cain ging mit mir in den Flur. Während ich meinen Parka zumachte, holte er aus unserem Kleiderschrank einen Korb mit Hüten, Schals und Handschuhen hervor. Er nahm eine alte purpur und grün gestreifte Pudelmütze (komplett mit Bommel) heraus und setzte sie mir auf.

»Hey, die zieh ich nicht an«, sagte ich. »Ich leg ja den ganzen Verkehr lahm.«

Cain zuckte mit den Augenbrauen. »Wenn du *die* aufsetzt, setz ich *den* auf«, sagte er.

Er zog seine Hand hinter dem Rücken hervor, in der er einen leuchtend orangefarbenen Hut hielt, den mein Vater zu seiner einzigen Jagdreise gekauft hatte. Der Hut hatte Ohrenschützer und auf dem Etikett die Aufschrift: »Jag mich, aber erschieß mich nicht!«

Ich lachte und band mir einen alten Schal um den Hals. »Na gut, das ist ein Angebot, das ich wohl kaum abschlagen kann! Komm, gehen wir Nachbarn erschrecken.«

Im Vorgarten schleuderten wir mit den Füßen Schnee hoch, wo wir standen und gingen. An der Straße bogen wir nach links ab, in Richtung einer fast unbefahrenen Straße ein paar Blöcke weiter.

Zuerst sagte keiner von uns etwas. Es schneite in dichten Flocken, aber da kaum Wind ging, fühlte ich mich in meiner dicken Jacke warm und behaglich. Alle paar Schritte streckte ich die Zunge raus, um eine Schneeflocke im Flug zu erwischen. Cain lief Zickzack über die Straße und versuchte, so viele Fußabdrücke wie möglich zu hinterlassen.

»Vielleicht sollten wir Andrew anrufen«, sagte ich, um das Schweigen zu brechen.

Cain zuckte mit den Schultern. »Er würde wahrscheinlich nicht kommen. Ich glaube, er verbringt seine Nächte damit, Fotos von Rachel in den alten Jahrbüchern ihrer Schule anzugucken.«

»Warum fragt er sie nicht einfach?«, sagte ich und kickte einen Stein aus dem Weg.

»Weil er sich nicht noch weiter runterziehen will, sagt er, aber ich glaube, er hat Angst davor, dass sie ihn zurückweist. Ich glaube nicht, dass es ihn früher jemals interessiert hat, ob ein Mädchen Ja zu einer Verabredung sagt oder nicht.«

Ich nickte. »Davon können wir alle ein Lied singen«, sagte ich.

»Wärst du jetzt lieber mit James zusammen?«, fragte Cain plötzlich und marschierte in einem weiten Kreis um mich herum.

Ich antwortete nicht sofort. In den letzten anderthalb Stunden hatte ich meine Enttäuschung darüber, dass James nicht gekommen war, völlig vergessen. Mit Cain konnte ich mich unbeschwert am Schnee und an der Feiertagsstimmung erfreuen.

»Nein, ich find's schön, dass du da bist«, sagte ich schließlich. »Warum? Sehnst du dich nach Rebecca?«

Cain nahm eine Hand voll Schnee und formte sie zu einem Ball. »Nö. Bei Rebecca macht es nicht so viel Spaß, sie mit Schneebällen zu bewerfen!«

Sein Lachen kam von irgendwo aus der Dunkelheit, als

er mich mit dem Schneeball bewarf. Ich kriegte ihn direkt ins Gesicht und kreischte. Gleich darauf kniete ich nieder und nahm so viel Schnee in die Hände, wie ich nur konnte. Dann rannte ich hinter ihm her und schüttete ihm die ganze Ladung in den Rücken.

Er schrie und versuchte verzweifelt, das nasse Zeug aus seinem Parka zu schütteln. »Das war eine Kriegserklärung!«, rief er.

Wir hatten mittlerweile die ruhige Straße erreicht, wo das Weiß noch überall unberührt lag. In den nächsten fünfzehn Minuten führten wir uns wie Verrückte auf, machten eine wilde Schneeballschlacht und wälzten uns im Schnee. Dabei lachte ich so heftig, dass ich Seitenstechen bekam.

Schließlich brachen wir nebeneinander im Schnee zusammen. Ich war so erschöpft, dass ich nur noch in den Himmel starren konnte, um wieder zu Atem zu kommen. Als ich merkte, dass mein Hintern ganz feucht und ziemlich kalt war, drehte ich mich zu Cain um und sagte: »Das hat Spaß gemacht, aber ich schätze, jetzt sollten wir uns langsam mit einem heißen Kakao aufwärmen.«

»Lass uns zuerst noch einen Schnee-Engel machen«, schlug er vor. »Ich hab's dieses Jahr überhaupt noch nicht probiert.«

Er lag auf dem Rücken neben mir und bewegte Arme und Beine auf dem Boden hin und her.

»Ist noch nicht genug Schnee«, konterte ich.

Cain nahm eine Hand voll in den Mund und machte ein schlürfendes Geräusch. »Na und? Es ist der Gedanke, der zählt.«

Dagegen konnte ich nichts sagen, und deshalb versuchte ich wie er einen Schnee-Engel, so gut ich konnte, und stand dann auf, um das Ergebnis zu begutachten. »Gar nicht schlecht.«

»Überhaupt nicht schlecht«, stimmte Cain zu. »Aber hat da nicht jemand was von *heißem Kakao* gesagt – wobei die Betonung auf *heiß* liegt?«

Ein paar Minuten später standen wir atemlos in unserer Küche. Wir hatten unsere Stiefel, die Socken und Pullover ausgezogen, um noch irgendetwas Trockenes an uns zu finden. Cains nasse Haare standen strähnig ab, und seine Lippen waren leicht bläulich.

Alle waren schon schlafen gegangen. Deshalb schlich ich auf Zehenspitzen zuerst in den Wäscheraum, holte für Cain ein paar Sachen von meinem Vater, und danach in mein Zimmer, um mir einen Schlafanzug anzuziehen. Und dann machten wir es uns mit unserem heißen Kakao vor dem noch glimmenden Kamin gemütlich.

Plötzlich seufzte Cain tief.

»Was war das denn?«, fragte ich.

»Ich weiß nicht. Ich hab nur gedacht, dass die Nacht heute total perfekt zum Verlieben wäre.«

Ich starrte in die Glut und fragte mich, ob James gerade irgendwo mit Tanya kuschelte und auch heißen Kakao trank und ihr beichtete, wie sehr er sie vermisst habe. Ich spürte einen Kloß im Hals und schluckte schwer. »Ja«, flüsterte ich. »Ich weiß, was du meinst.«

Als Cain sich zu mir umdrehte, sahen seine Augen fast schwarz aus.

Er rückte näher an mich heran und wickelte sich ein paar Strähnen meiner Haare um seinen Zeigefinger. Mein Herz schlug schneller, und ich hatte dieselben verwirrenden Gefühle wie auf dem Schulfest.

»Kennst du das Lied?«, fragte er leise.

Ich schüttelte den Kopf, konnte aber meinen Blick nicht von seinem abwenden. »Welches Lied?«

»›Wenn du nicht mit dem zusammen sein kannst, den du liebst ...‹«

»›Lieb den, mit dem du zusammen bist‹«, fuhr ich fort. Mein Blick wanderte hinunter zu seinem Mund, und ich fühlte mich wie hypnotisiert.

Cain zog mich noch näher an sich heran. Ich schloss die Augen, zu allem bereit.

Als ich seine Lippen spürte, brannte es wie Feuer in meinem Körper. Ohne nachzudenken klammerte ich mich in seinem Pullover fest. Ich wollte ihn nicht gehen lassen. Jetzt ging das Feuerwerk los, das ich mir bei James erhofft hatte. Jeder Zentimeter meines Körpers bebte und stand lichterloh in Flammen. Die Welt um mich herum versank in Nebel, und Cain war das Einzige, das auf diesem Planeten noch existierte.

Einen Moment später löste er sich von mir.

Sofort machte sich große Ernüchterung breit. Hatte ich das wirklich getan? Hatte ich gerade Cain geküsst, meinen besten Freund? Eine Million Fragen spukten mir im Kopf herum, aber ich war sprachlos.

»Wow, ich wusste ja nicht, dass das so ein guter Gedanke war«, sagte er und strich mir über die Haare.

Wut stieg in mir hoch. »Warum hast du das gemacht?«, zischte ich.

»Wie meinst du das, *ich*?«, fragte er. »Du warst auch dabei.«

Ich ballte die Fäuste. »Es war deine Idee. Vergiss das nicht.« Ich versuchte, so leise wie möglich zu sprechen, aber ich hatte das Gefühl zu schreien.

Cain funkelte mich wütend an. »Na ja, offensichtlich war es eine sehr *schlechte* Idee«, sagte er und schlug mit der Faust auf die Couch.

»Du kannst es einfach nicht ertragen, dass es ein Mädchen in dieser Stadt gibt, das nichts von dir will«, sagte ich.

»Schmeichle dir bloß nicht selbst, Delia. Es wird nie wieder vorkommen.«

»Gut!« Ich verschränkte die Arme vor der Brust.

»Gut!«, gab er zurück und stand auf. »Danke für die Sachen von deinem Vater. Ich geb sie ihm so bald wie möglich zurück.«

»Mach dir bloß keine Umstände«, sagte ich und ging in den Flur.

»Keine Sorge. Mach ich nicht.« Er schnappte sich seinen noch feuchten Parka und zog ihn über.

»Schön für mich.« Ich machte die Tür auf und starrte ihn an. Meine Hände zitterten, und ich war den Tränen nahe.

»Grüß deine Großeltern«, sagte Cain.

Dann ging er hinaus in den Schnee, und ich knallte die Tür hinter ihm zu. In dem Moment kümmerte es mich überhaupt nicht, ob ich alle geweckt hatte. Der Tag war einer der schlechtesten in meinem Leben gewesen, und ich wollte mich nur noch einrollen und mich in den Schlaf weinen.

Als ich hörte, dass Cain seinen Wagen startete und aus der Einfahrt fuhr, liefen mir die Tränen über die Wange, die ich so lange zurückgehalten hatte. Ich stapfte in mein Zimmer und erstickte fast, so floss es aus meinen Augen.

Wieder einmal hatte ich totale Verwirrung in mein Leben gebracht. »Warum ich?«, flüsterte ich in die Dunkelheit. »Warum immer ich?«

Kapitel 12

Cain

Als ich am Freitagmorgen aufwachte, wusste ich, dass etwas nicht stimmte. Aber es dauerte einen Moment, bis ich die verhängnisvollen Ereignisse des vergangenen Abends wieder zusammenhatte. Dann fiel mir ein, dass ich Delia geküsst hatte.

Ich stöhnte und schlug leicht mit dem Kopf gegen die Wand. Ich hatte die Grundregeln einer platonischen Freundschaft gebrochen. Jetzt hasste mich Delia bestimmt, und ich konnte nichts dagegen machen.

Ich spielte die Szene wieder und wieder in meinem Kopf durch. Warum hatte ich sie geküsst? War es der Schnee? Der Kamin? Ich schüttelte den Kopf. Egal. Ich hatte eine gute Sache vermasselt, und keine Erklärung konnte daran etwas ändern.

Außerdem war da noch die Geschichte mit Rebecca. Nüchtern betrachtet, hatte ich sie betrogen. Auch wenn ich Delia in einem Moment geistiger Umnachtung geküsst hatte, konnte ich doch nicht abstreiten, *dass* ich sie geküsst hatte – auch wenn Rebecca es nie herausfinden würde.

Aber noch eine andere Frage plagte mich. Wenn Rebecca es doch herausbekäme, würde es ihr was ausmachen? Sicher, ihr Stolz wäre verletzt. Aber wär sie wirklich verletzt – oder einfach nur sauer? Sie hatte mir gesagt, dass sie mich aus New York anrufen würde, aber bis jetzt hatte ich noch nicht ein einziges Wort von ihr gehört. War sie bei einem alten Freund?

Der Gedanke, dass sie womöglich einen anderen küsste, war nicht sonderlich angenehm. Aber solange ich nicht verrückt wurde von dem Bild, dass meine Freundin in den Armen irgendeines schmalzigen New Yorkers lag, nahm die Vorstellung etwas von meiner Schuld. Wir waren beide jung – also war es nur allzu verständlich, dass wir Fehler machten. Richtig? Richtig.

Dann wanderten meine Gedanken vom Problem Rebecca wieder zurück zum Problem Delia. Aber bevor ich mir eine Entschuldigung zurechtlegen konnte, klopfte meine Mutter an die Tür.

»Cain? Bist du wach?«, rief sie und machte die Tür einen Spaltbreit auf.

»Ja, leider.« Ich drehte mich auf die andere Seite und hoffte, sie würde den Wink verstehen und wieder gehen.

»Delia ist unten, Schatz.«

»Echt?« Augenblicklich saß ich im Bett und schlug meine Steppdecke bis ans Fußende zurück. »Zwei Minuten, dann soll sie raufkommen.«

Ich hüpfte im Zimmer herum und versuchte, gleichzeitig meine Jeans anzuziehen und mir die Haare zu kämmen. Die Tür ging auf, als ich gerade mein T-Shirt überzog, und Delia steckte ihren Kopf ins Zimmer.

»Hättest du für deine frühere beste Freundin einen Moment Zeit?«, fragte sie.

Gleich stieg in mir wieder die Übelkeit auf, die ich schon

seit dem Aufwachen verspürt hatte. Aber Delia klang freundlich, alles würde gut werden. »Nur, wenn du das ›frühere‹ aus deiner Frage streichst«, antwortete ich und machte die Tür auf.

»Ich hab ein kleines Versöhnungsgeschenk für dich«, sagte sie und kam herein. Sie gab mir eine Tüte Pfannkuchen und ließ sich in meinen alten Lehnstuhl fallen.

»Weißt du, Delia, ich bin heute Morgen aufgewacht und hatte nur einen Gedanken im Kopf: Pfannkuchen. Und jetzt bist du da.«

»Ich kenn dich eben zu gut, Cain.« Delia schwang ihre Beine über eine Lehne des Stuhls und stützte ihren Kopf auf. »Ich hab nicht viel geschlafen heute Nacht.«

»Ich auch nicht. Ich hatte immer das Gefühl, dem Weltuntergang Auge in Auge gegenüberzustehen.« Ich nahm mir einen Pfannkuchen und bot Delia auch einen an.

Sie nahm einen und verschlang die Hälfte mit einem Biss. »Wir können nicht zulassen, dass das unsere Freundschaft zerstört. Wir haben beide überreagiert.«

»Ich hätte es nicht besser sagen können«, sagte ich.

Bei Tageslicht schien der ganze Zwischenfall keine große Sache mehr. Gut, wir hatten uns geküsst. Aber ein Kuss bedeutet ja nicht gleich das Ende der Welt. Und überhaupt.

Delia kaute einen Moment nachdenklich. »Ich meine, wenn wir wirklich *Spaß* daran haben, uns zu küssen, dann haben wir echt ein Problem.«

Ich nickte und fragte mich, worauf sie hinauswollte.

»Aber wenn du dir die ganze Sache mal richtig überlegst, dann stellst du fest, dass unser Kuss nur fast gut war.« Sie stockte einen Moment und wartete auf meine Reaktion. Da ich nichts sagte, redete sie weiter. »Hier sitzen wir also, zwei Freunde unterschiedlichen Geschlechts. Es ist *natürlich*, dass wir da eine gewisse, äh, Neugier auf den anderen haben.«

»Neugier«, wiederholte ich, nur um ihr zu zeigen, dass ich zuhörte.

»Ja. Und da wir unseren Kuss nun hatten, können wir die ganze Geschichte vergessen. Wir wissen, dass wir den anderen nicht mehr küssen wollen, und wir werden es auch nicht tun. Ende.«

Ich war etwas sauer, dass sie meinen Kuss so leicht abtat. Für mich war es wie ein Flug durch den Weltraum gewesen. Und als ich mich von ihr gelöst hatte, waren mindestens zehn Sekunden vergangen, ehe ich überhaupt wieder begriff, dass es so etwas wie, ja, Schwerkraft gab. Ich konnte nicht bestreiten, dass sie mich gefährlich erregt hatte.

Aber ich wollte nicht mit ihr streiten. In diesem Moment hätte ich ihr wahrscheinlich auch zugestimmt, wenn sie gesagt hätte, dass die Erde eine Scheibe ist. Ich wollte nur, dass wir aufstanden und uns bewegten. »Ende«, bekräftigte ich.

Delia streckte ihre Hand aus, und ich schüttelte sie. »Na, ich bin vielleicht froh, dass wir *das* geklärt haben«, sagte sie, als hätten wir darüber geredet, wer den Abwasch machen soll.

Ich lächelte sie an. »Ich auch, Delia. Ich bin sicher, dass wir beide heute Nacht besser schlafen.«

»Oh ja. Absolut.«

»Ganz bestimmt.« Zufrieden lehnte ich mich zurück in die Kissen und fühlte mich wie neugeboren. Die Welt fiel nicht mehr auseinander, und ich hätte nicht dankbarer sein können.

Aber ich hatte ein flaues Gefühl im Magen, als ich Sonntagabend zu Rebecca fuhr. Sie hatte mich angerufen, gleich als sie nachmittags aus New York zurückgekommen war, und jetzt trennten mich nur noch Minuten von ihr. Es war toll, ihre Stimme zu hören, besonders, weil es mir vorkam, als würden wir völlig neu anfangen. Seit der Geschichte mit Delia hatte ich festgestellt, dass ich Rebecca doch mehr vermisste, als ich gedacht hatte. Ich hatte wohl meine Sehnsucht einfach auf Delia gelenkt und sie wiederum ihre auf mich – eine Erklärung für das, was passiert war.

Die Temperatur war unter den Gefrierpunkt gefallen. Und deswegen hatte ich sofort zugestimmt, als Rebecca vorgeschlagen hatte, im Hamilton-Park Schlittschuh zu laufen. Ich stellte mir vor, wie wir Hand in Hand über den See fuhren. Abgesehen von ein paar kleinen Kindern wären wir in unserer eigenen Welt. Danach würden wir zu ihr fahren und heißen Kakao trinken (obwohl Glühwein eine bessere Idee wäre) und uns bis zum Abend vergnügen. Ich konnte es kaum erwarten.

Sie machte sofort auf, nachdem ich geklingelt hatte. Aber bevor ich ihr einen Begrüßungskuss geben konnte, drehte sie sich im Flur ein paar Mal um sich selbst.

»Tätä! Na, wie findest du meine neuen Klamotten?«, fragte sie.

»Wow!« Ich konnte nichts anderes sagen.

Sie trug eine kurze rosa Jacke, die so eng anlag wie eine zweite Haut. Ihre Beine steckten in fleischfarbenen, genauso engen Hosen. Und ihre weißen Schlittschuhe hatte sie schon in der Hand. Um ehrlich zu sein, alle, die ich kannte, liefen in Jeans und Pullover Schlittschuh – es wäre mir nie in den Sinn gekommen, dass Rebecca sich ausstaffieren würde wie für eine Hauptrolle bei »Holiday on Ice«. Aber ich will mich nicht beklagen. Sie sah aus wie ein Fotomodell.

»Komm, lass uns gehen. Die anderen werden schon da sein.« Sie schnappte sich ihren Mantel und stürmte zur Tür hinaus.

Ich wusste zwar nicht, wen sie meinte, aber ich war von ihrer Aufmachung immer noch sprachlos. Ich war sicher, dass nichts als ein Quieksen herauskommen würde, wenn ich jetzt etwas sagen wollte.

Im Auto umarmte ich sie. Wenn ich sie erst einmal geküsst hatte, wäre der Horrorabend mit Delia vergessen. Wenn erst einmal meine Lippen ihre berührt hatten, wäre er nur noch ein böser Traum. Zumindest hoffte ich das.

Rebecca fühlte sich warm und lebendig in meinen Armen an, und der weiche Stoff ihrer Jacke war fast wie Seide. Ich küsste sie auf den Mund, dann auf die Wange, dann auf die Stirn. Ich flog zwar nicht mit Lichtgeschwindigkeit durchs All, aber wenigstens hatte ich mich *sonst* unter Kontrolle.

Ich küsste Rebecca noch leidenschaftlicher und wollte

damit den Kuss mit Delia ungeschehen machen. Diese Explosion, die ich bei Delia gespürt hatte, hatte wohl nur daran gelegen, dass ich meine Freundin vermisst und mir Gedanken darüber gemacht hatte, dass sie in New York mit einem anderen zusammen war. Es gab alle möglichen Erklärungen.

Rebecca fuhr mir durchs Haar und kicherte. »Ich war doch nur vier Tage weg«, sagte sie. »Du kommst mir vor wie jemand, der gerade ohne Wasser durch die Wüste marschiert ist.«

Ich küsste sie wieder. »Genauso fühl ich mich auch.«

»Na, ich bin froh, dass du mich zu würdigen weißt. Nicht jedes Mädchen würde ihre Ex-Freunde in New York wieder sehen und all ihren Angeboten widerstehen können.«

Ich warf Rebecca einen schnellen Blick zu und wunderte mich, wie Frauen es immer wieder schaffen, genau das Richtige zu sagen, dass jeder Mann sich augenblicklich wie ein Volltrottel fühlen muss. Ich war froh, dass die Straßenlampe so schwach leuchtete, denn unter Garantie färbten sich meine Wangen schuldbewusst rot. »Wir sollten lieber fahren«, sagte ich.

Der Parkplatz am Hamilton-Park war halb voll. Ein paar der Autos kannte ich, und plötzlich sank meine Stimmung auf den Nullpunkt. Jetzt wusste ich, wen Rebecca gemeint hatte.

»Die ganze Truppe ist hier!«, jauchzte sie, als wir uns zum überfüllten See durchschlugen.

»Du hast mir nicht gesagt, dass die halbe High-School

heute Abend hier ist«, sagte ich etwas schärfer als beabsichtigt.

»Ja, ist das nicht irre? Ich freu mich so, alle zu sehen!« Sie rannte vor mir her und verschwand in dem Häuschen, wo man Schlittschuhe mieten konnte.

Gleich darauf hörte ich, wie Rebecca vor Begeisterung aufschrie. Als ich sie wieder sehen konnte, umarmte sie Carrie, als wär sie ihre lange vermisste Schwester. Trotz Rebeccas Vorliebe für Cheerleaderinnen wie Carrie und Amanda hielt ich die beiden bestenfalls für dumme Gänse, schlimmstenfalls für heuchlerisch und hinterhältig. Sie gehören zu der Sorte Mädchen, die immer einen Begrüßungskuss auf die Wange von dir wollen, letzten Endes aber viel zu ungeduldig sind, um darauf zu warten, dass es passiert, sodass du dumm dastehst und die Luft küsst.

Und natürlich kam Carrie auf mich zu. »Willst du mir keinen Kuss geben, Cain?«, fragte sie und hielt mir ihre Wange hin. Mit gespitzten Lippen beugte ich mich zu ihr hinunter, aber wie erwartet gab ich nur der Luft einen lauten Schmatzer.

Rebecca zog mich hinüber zum See, wo ich mir meine Eishockeyschuhe anzog. Als ich dann aber Patrick und Bart Langley und Josh Nielson sah, verpufften meine Träume von einem schönen Abend mit Rebecca sofort. Meine Meinung über Patrick hatte sich seit der Party nicht verändert, und Josh hasste ich wie die Pest.

Josh hatte sich früher einmal für Delia interessiert. Sie war einmal mit ihm ausgegangen, fand ihn abartig blöd und wollte nie wieder was mit ihm zu tun haben. Danach hatte sich Josh ihr gegenüber absolut unmöglich aufgeführt. Als Delia auf seine Annäherungsversuche nicht einging, schmierte er lauter Gemeinheiten über sie an die Wände unseres Umkleideraums. Einmal habe ich ihn dabei erwischt, was zu der einzigen Prügelei in meinem Leben führte. Der Trainer hat uns dann getrennt, und ich habe mir geschworen, nie wieder jemanden zu schlagen. Ein Jahr darauf wechselte Josh an eine andere Schule, weil seine Eltern in einen anderen Bezirk umzogen, und seitdem war ich ihm nie wieder über den Weg gelaufen. (Delia wusste übrigens von der Prügelei nichts.)

Ich schnürte mir schnell die Schuhe zu und hoffte, dass Josh in den anderthalb Jahren vielleicht zu einem menschlichen Wesen geworden wäre. Solange ich ihn nicht reizen würde, so lange würden wir nicht aneinander geraten.

Rebecca war schon auf dem Eis und lief große Achten über den See. Ich atmete ein paar Mal tief durch, gesellte mich zu ihr und versprach mir, cool zu bleiben.

Ich nahm ihre Hand und wir fuhren gemeinsam über das Eis. Josh übersah ich geflissentlich. Langsam fand ich Gefallen an der Sache.

»Ach, ist das romantisch«, sagte Rebecca und schaute hoch zum Vollmond und dem klaren Sternenhimmel.

»Nur, weil du hier bist«, antwortete ich, fasste sie an beiden Händen und wirbelte sie im Kreis herum.

Ich hörte allerdings sofort damit auf, als ich aus den Augenwinkeln sah, wie Josh höhnisch grinsend direkt auf uns zukam. Ich biss die Zähne zusammen und zwang mich, entspannt und freundlich zu bleiben.

»Hey, Josh«, sagte ich. »Kennst du Rebecca Foster?«

Er musterte sie von oben bis unten und lächelte sie ölig an. »Bis jetzt nur vom Hörensagen. Schön, dich kennen zu lernen, Rebecca.«

»Wie kommt's, dass wir uns vorher noch nie begegnet sind?«, fragte sie und lächelte ziemlich aufreizend, wie ich fand.

»Ich bin jetzt auf der Rosedale High School. Aber ich mag es, Kontakt zu meinen alten Freunden zu halten.« Josh sah mich an, und aus seinem Blick erkannte ich sofort, dass er darauf brannte, mir etwas zu sagen. Da ich an seinem Gesülze nicht interessiert war, nahm ich wieder Rebeccas Hand. »Wollen wir da weitermachen, wo wir aufgehört haben?«, fragte ich und nickte Josh zum Abschied zu.

In dem Moment legte er eine Hand auf meine Schulter und hielt mich fest. »Da wir schon von alten Freunden sprechen, Patrick hat mir erzählt, dass unser gemeinsames Schätzchen Delia jetzt mit James zusammen ist.«

Rebecca kniff die Augen zusammen, aber ich konnte ihr keine Vorwürfe machen. Bei Josh hatte es so geklungen, als hätten Delia und ich was miteinander. Aber ich wollte nicht näher darauf eingehen. Ich wollte Rebecca später alles erklären. »Ja. Sie sind total verknallt«, sagte ich und genoss es, dass sein Grinsen einem finsteren Blick wich.

»Na ja, vielleicht kannst du ihr etwas von mir bestellen«, sagte Josh.

»Und das wäre?« Ich merkte, wie sich meine Muskeln anspannten, aber ich wollte ihm nicht sagen, dass er mich nervte.

»Ich hab James und Tanya letztens in Jon's Pizzeria zusammen gesehen. Na ja, um die Wahrheit zu sagen, sie haben in einer Ecke rumgeschmust.« Er grinste erst und lachte dann laut los.

»Du lügst.«

»Ich kann's nicht ändern, wenn du mir nicht glaubst, Cain. Aber du solltest deiner Freundin ausrichten, dass James sie nur so lange benutzt, bis er Tanya wiederhat.«

Ich zitterte vor Wut, und automatisch machte ich einen Schritt auf Josh zu. Egal, ob er die Wahrheit sagte oder nicht, ich wollte nur, dass dieses blöde Grinsen aus seinem Gesicht verschwand.

»Du bist ja bloß eifersüchtig, weil Delia nichts von so einem Jammerlappen wie dir wollte«, sagte ich wütend.

»Delia ist die geborene Verliererin«, widersprach er. »Da kannst du jeden fragen.«

Dann musste Rebecca auch noch unbedingt ihren Senf dazugeben. »Er hat nicht ganz Unrecht, Cain. Jeder weiß, dass Delia ein bisschen ... merkwürdig ist.«

»Danke für Backobst, Rebecca. Aber ich unterhalte mich mit Josh.«

»Willst du kämpfen, Cain?«, fragte Josh und nahm eine drohende Haltung ein.

»Das bist du nicht wert«, antwortete ich. Patrick und Bart hatten sich zu uns gesellt und sahen neugierig zu.

Weil ich durch sie abgelenkt war, nutzte Josh die Gelegenheit. Seine Faust traf mich genau am Kinn. Ich kippte nach hinten über und landete stöhnend auf meinem Hintern.

»Delia ist die coolste Frau, die ich kenne«, rief ich. »Jeder, die du vielleicht mal kriegst, ist sie haushoch überlegen.«

Als ich aufstehen wollte, sprang Josh auf mich zu. Aber bevor er mich wieder schlagen konnte, gingen Patrick und Bart dazwischen. Sie zogen ihn von mir weg und hielten ihn an den Armen fest.

»Na, das war's dann wohl mit der Eisparty«, sagte Bart. Er und Patrick zerrten Josh vom Eis.

Ich stand da und war immer noch wütend. Rebecca hatte die Hände in die Hüften gestemmt und funkelte mich an.

»Wenn du Delia so toll findest, solltest du vielleicht lieber mit ihr zusammen sein!«, schrie sie. »Ihr zwei seid wirklich füreinander geschaffen.«

Ich starrte sie nur sprachlos an.

Als ich nichts sagte, lächelte sie mich kalt an. »Das war's dann.«

Sie fuhr davon, und ich fühlte mich wie ein Ballon kurz vorm Platzen. Am Ufer schnallte sie ihre Schlittschuhe ab und ging hinüber zum Parkplatz. »Josh, warte mal«, hörte ich sie noch rufen, dann war sie verschwunden.

Ich sank aufs Eis und war zu erschöpft, um mich zu bewegen. Ich war zwar verletzt, dass Rebecca sich von mir getrennt hatte, aber im tiefsten Innern hatte ich ja gespürt, dass unsere Beziehung nicht halten würde. Sie hatte immer mehr gemein mit Carrie und Amanda, als ich mir eingestanden hatte. Jetzt sah ich, wie flach sie wirklich war.

Kalter Wind pfiff mir um die Ohren, aber sonst war es

totenstill. Es war das Ende meiner Beziehung mit Rebecca Foster.

Ich sah über die leere Eisfläche und schüttelte den Kopf. »Das bedeutet wohl, dass ich die Wette verloren habe«, sagte ich laut.

Kapitel 13

Delia

Als Ellen und ich am Montagmorgen zum Schreibkurs gingen, waren meine Handflächen feucht, und mir war ganz schön mulmig im Magen. Seit dem Erntedankfest hatte ich nicht mehr mit James gesprochen, und den gestrigen Abend hatte ich vor allem damit zugebracht, mir gute Erklärungen auszudenken, warum er mich nicht angerufen hatte. Seine Großeltern waren ja zu Besuch. Und ich wusste auch, dass die Radio Waves bald ein Konzert im College geben würden, also probten sie wahrscheinlich jeden Tag. Sogar den starken Schneefall am Donnerstag hatte ich mit berücksichtigt – vielleicht musste er den halben Freitag die Einfahrt freischaufeln.

Meine Hände zitterten bei dem Gedanken, ihn wieder zu sehen. Da war sie wieder, die pessimistische Delia, so schlimm wie immer. Ich erwartete fast, dass er ein Schild umhatte mit der Aufschrift: »Ich habe das Wochenende mit Tanya verbracht.«

»Ach, er war wahrscheinlich einfach nur zu beschäftigt«, tröstete Ellen mich. »Tanya ist was ganz anderes als du. Sie ist total platt, keine Substanz.«

»Oh, jetzt fühl ich mich aber gleich viel besser«, sagte ich. »Jeder weiß doch, dass siebzehnjährige Typen lieber Substanz als Oberweite haben. Wo lebst du denn?«

Ellen zuckte mit den Schultern. »Jedenfalls sehe ich immer die Sonnenseite.«

»Es gibt keine Sonnenseite«, antwortete ich düster.

Als wir uns hinsetzten, war James noch nicht da. Ms Heinsohn bat uns, unsere Kurzgeschichten herauszunehmen. Ich öffnete mein Notizbuch, schielte dabei aber immer zur Tür.

»Wovon handelt deine?«, fragte Ellen und linste in mein Notizbuch.

»Von nichts. Sie ist einfach nur blöd«, sagte ich schnell.

Meine Geschichte handelte von einem Jungen und einem Mädchen, die eng befreundet sind. Eines Abends küssen sie sich am Kamin, und das zerstört ihre Freundschaft. Zum Schluss der Geschichte versöhnen sie sich wieder. Die Handlung war nicht sonderlich originell, aber es hieß doch immer, dass Schreiben auch eine Art Bewältigung ist. Und ich hatte mir gedacht, dass es eine gute Therapie sein würde, wenn ich das aufschreibe, was ich mit Cain erlebt hatte, und komischerweise war es das auch.

»Und deine?«

»Meine ist auch blöd«, antwortete Ellen.

Ich warf einen Blick auf die Geschichte, die sie in ihren Händen hielt. Den Titel hatte sie mit großen Buchstaben oben auf die erste Seite geschrieben: »HILFE! ICH HABE MICH IN DEN BESTEN FREUND MEINER BESTEN FREUNDIN VERLIEBT!« Daraus konnte ich ganz gut schließen, wovon ihre Geschichte handelte. Wenn Ms Heinsohn nur einen Funken Verstand hatte, würde sie wahrscheinlich die auffälligen Ähnlichkeiten zwischen den männlichen Hauptfiguren unserer Geschichten erkennen. Ich seufzte. Der Montag entwickelte sich nicht gerade gut.

Fünf Minuten nach dem Klingeln kam James. Er lächelte entschuldigend Ms Heinsohn an und setzte sich auf einen Stuhl gleich neben der Tür. Ich versuchte alles Mögliche, dass er zu mir rübersah, aber er starrte nur in die Bögen, die Ms Heinsohn ausgelegt hatte.

In den nächsten fünfzehn Minuten zwang ich mich, nicht in seine Richtung zu sehen. Wenn er mich nicht mehr kennen wollte, brauchte ich ihn auch nicht mit Rehaugen anzugucken. *Es ist aus*, sagte ich mir wieder und wieder. *Er liebt Tanya immer noch.*

Als Ellen mir auf die Schulter klopfte, fiel ich fast vom Stuhl. Sie gab mir einen zusammengefalteten Zettel und deutete mit dem Kopf in James' Richtung.

Mein Puls beschleunigte sich, als ich den Zettel öffnete: »Delia. Wollen wir uns gleich nach der Schule treffen? In Liebe, James.«

Ich sah zu ihm hinüber. Er hatte mich offensichtlich beobachtet, während ich den Zettel gelesen hatte. Ich nickte und lächelte, dann wandte ich mich wieder Ms Heinsohn zu. Ich schwebte. Vielleicht gab es ja *doch* einen guten Grund dafür, dass er mich nicht angerufen hatte. Ich musste das Beste hoffen.

»Ich kann nicht lange bleiben«, sagte ich zu James und machte die Beifahrertür seines Jeeps zu. »Ich muss in einer halben Stunde bei Nina sein.«

In seinem schwarzen Rollkragenpullover und verwaschenen Jeans sah er so gut aus wie immer. Seine Augen leuchteten. *Er ist glücklich, mich zu sehen!*, dachte ich. Ein angenehmes Kribbeln lief mir über den Rücken. Endlich wurde alles wieder normal.

»Es tut mir Leid, dass ich dich am Wochenende nicht angerufen habe«, sagte er leise.

Ich zuckte mit den Schultern und tat so, als habe ich nicht drei Tage vor dem Telefon gesessen und darauf gewartet, dass es klingelt. »Ach, schon okay. Meine Großeltern haben mich ganz schön auf Trab gehalten.«

James nickte. »Ja, ich hatte auch eine ganze Menge um die Ohren …«

Ich beschloss, der Sache jetzt ins Auge zu sehen und ihn wegen Tanya zu fragen. Wenn die Vergangenheit vorbei war, hatte ich keinen Grund, eifersüchtig zu sein. »Und, hast du Tanya getroffen?«, fragte ich wie nebenbei. »Ich hab gehört, dass sie zu Hause war.«

James kaute auf seinen Lippen herum und starrte auf sein Lenkrad, als wenn es ein Bild von Picasso wäre und nicht bloß ein Haufen Metall und Plastik. »Äh, ja. Deswegen war ich ja so beschäftigt.«

»Oh.« Es gab nichts weiter zu sagen. Ich hätte aus dem Auto aussteigen und nie wieder ein Wort von James hören können. Diese Mischung aus Schuld und Erregung in seiner Stimme sagte mir alles, was ich wissen musste. Urplötzlich hatte ich größte Lust, alles hinzuschmeißen.

Aber wie der letzte Trottel bin ich nicht ausgestiegen. Ich saß wie gelähmt da in diesem Schweigen und wartete darauf, dass er etwas sagte.

»Sie hat noch niemanden an der Schule kennen gelernt. Und sie hat mich wirklich vermisst … Und ich glaube, ich sie auch.«

»Oh«, sagte ich wieder. Tränen stiegen in mir auf, und ich blinzelte sie schnell weg. Ich wollte nicht, dass James mitkriegte, wie verletzt ich war.

»Wir wollen es trotz der Entfernung versuchen«, fuhr er fort. »Es ist nicht, weil ich dich nicht gern habe – ich finde dich ganz toll. Aber Tanya und ich – das ist irgendwie ganz anders.« Ich schluckte schwer und setzte mich so gerade hin, wie es in dem Sitz ging. »Ich finde das wunderbar für euch, James«, sagte ich. Erstaunlicherweise klang meine Stimme ruhig und ganz natürlich.

»Echt?« Er war überrascht.

»Ja. Weil es da etwas gibt, was ich dir auch sagen wollte.« Ich vergrub meine Hände in den Manteltaschen. Er sollte nicht sehen, dass sie zitterten.

»Und was?« Wieder klang er überrascht. Er sah mir direkt in die Augen.

»Na ja, Cain und mir ist am Wochenende klar geworden, dass wir uns lieben.« Hatte ich das wirklich gesagt? *Tut mir Leid, Cain,* dachte ich.

»Oh.« Ich freute mich klammheimlich, dass ich James aus dem Gleichgewicht gebracht hatte.

»Ist das nicht ein merkwürdige Zufall?«, sagte ich leichthin. »Wir sind beide so glücklich, dass wir den anderen nicht verletzen.«

»Ja«, stimmte James zu, sah aber trotzdem etwas durcheinander aus.

»Na, wir sehen uns ja immer mal.« Ich beugte mich hinüber und küsste ihn auf die Wange. Dann stieg ich aus.

»Tschüss, Delia.«

»Tschüss, James«, sagte ich und warf die Tür hinter mir zu.

Er war noch nicht ganz vom Parkplatz runter, als ich mit weichen Knien schluchzend zusammenbrach.

Normalerweise machte es mir Spaß, auf Nina aufzupassen. Aber an dem Nachmittag war es mehr eine Folter als ein Job. Sie bombardierte mich mit Fragen, und die meisten hatten mit Jungen und Mädchen zu tun.

»Bei Marcy Stein ist am Freitag 'ne Party«, sagte sie. Wir saßen bei ihr im Wohnzimmer, und ich half ihr bei den Hausaufgaben.

»Schön«, antwortete ich abwesend. Ich war nicht in der Stimmung, um über Partys zu reden.

»Und Jungs werden auch da sein«, fuhr Nina fort. Sie hielt den Atem an und wartete auf meine Antwort.

»Wie aufregend.« Natürlich wusste ich, dass ich nicht fair zu Nina war, und das Gesicht, das sie zog, erinnerte mich wieder an meinen eigenen Liebeskummer. »Tut mir Leid«, sagte ich und umarmte sie. »Du wirst dich bestimmt köstlich amüsieren.«

Nina war zwar jung, aber nicht dumm. Sie wusste, dass ich ihr etwas verheimlichte. »Was ist denn los, Delia? Du siehst so traurig aus.«

Am liebsten hätte ich losgeheult. »James und ich haben uns heute getrennt. Ich hab wohl den Moralischen.«

»Ich konnte James sowieso nicht leiden«, sagte sie, als wär damit alles wieder in Ordnung.

»Du kennst ihn doch überhaupt nicht«, sagte ich.

»Ich weiß. Aber Cain hat mir von ihm erzählt.« Sie schnitt ein Herz aus Millimeterpapier zurecht und schrieb ihre Initialen hinein.

»Und was hat er gesagt?«

»Er hat gesagt, dass James ein Versager ist und dass du jemand Besseren verdient hast.«

Ich musste fast lachen. Seit wann besprach Cain mit einer Zehnjährigen mein Liebesleben? »Das hätte er nicht sagen sollen. Mit wem ich mich treffe, geht ihn nichts an. Und dich auch nicht.« Ich beobachtete, wie Nina weitere Initialen in das Herz schrieb, und vermutete, dass H. R. wohl im Moment ihre große Liebe war.

»Aber er hatte Recht, oder?« Sie sah mit ihren großen blauen Augen zu mir auf.

»Ja«, seufzte ich, »sieht ganz so aus.«

Ich stand bei den Parsons auf der Veranda und zitterte vor Kälte. Ich hatte es so eilig gehabt, dass ich vergessen hatte, meinen Mantel überzuziehen.

»Delia!« Als er mich sah, umarmte Cain mich auch schon fest. »Es tut mir Leid«, flüsterte er mir ins Ohr.

Ich wischte meine Tränen an seinem Pullover ab und sah ihn an. »Woher weißt du?«

»An deinem Gesichtsausdruck sehe ich, dass entweder

jemand aus deiner Familie gestorben ist oder du dich von James getrennt hast. Und weil deine Mutter eben am Telefon so gut gelaunt war, muss es also das andere sein.«

Ich hielt mir die Hände vors Gesicht und warf mich verzweifelt auf die Couch im Wohnzimmer. »Mir geht's so beschissen.«

»Ich weiß, wie du dich fühlst.« Er setzte sich neben mich und klopfte mir unpassenderweise auf den Rücken.

»Woher weißt du denn, wie ich mich fühle?«, schniefte ich.

»Rebecca hat mich am Sonntag beim Schlittschuhlaufen fallen gelassen«, sagte er ganz sachlich.

»Warum?« Über seine Neuigkeit vergaß ich sogar kurz mein eigenes Elend.

»Wer weiß das schon?« Er sackte in sich zusammen und sah deprimiert aus.

»Ich hab sie nie gemocht.« Cain tat mir zwar Leid, aber trotzdem wollte ich mit Königin Rebecca nicht nett umspringen.

»Und ich nie James.«

»Da wir gerade von ihm sprechen, ich hab ihm was wirklich Dummes, was absolut Bescheuertes erzählt.« Ich musste Cain einfach gestehen, dass ich verkündet hatte, wir würden uns lieben.

»Was?«, fragte er.

»Versprich mir, dass du nicht sauer bist.«

»Nun sag schon.« Er klang ungeduldig, und ich wollte nicht, dass er noch länger zappeln musste, bevor ich damit herausrückte.

»Na ja, als James mir gesagt hat, dass er und Tanya wieder zusammen sind, war ich so down …«

»Und?«, drängte Cain.

»Und … da hab ich ihm erzählt, dass … wir uns … lieben.« Ich starrte eine Vase auf dem Kaminsims an und wartete auf seinen Wutausbruch. Aber zu meiner Überraschung lachte er.

»Was soll's?«, sagte er.

»Echt?« Mir fiel ein großer Stein vom Herzen.

»Klar. Die Leute reden doch sowieso dauernd davon, dass wir uns lieben – das weißt du doch. In einer Woche erzählen wir allen, dass wir beschlossen haben, lieber doch nicht zusammen zu sein, und das war's dann.«

Zum ersten Mal, seit James sich von mir getrennt hatte, lächelte ich wieder. »Du bist wirklich toll! Was wir machen, geht schließlich keinen was an.«

Cain nickte. »Und ich kann kaum Rebeccas Gesichtsausdruck erwarten! Das sollte man echt fotografieren.«

Kapitel 14

Cain

Donnerstag, 30. November
23.30 Uhr

Heute habe ich Rebecca mit Patrick im Flur flirten gesehen. Und wisst ihr was? Ich habe nichts dabei empfunden, höchstens Mitleid für Patrick (das meine ich nicht ernst). In Wirklichkeit war ich schon verletzt. Hatte ich ihr überhaupt etwas bedeutet? Und hatte sie mir wirklich etwas bedeutet? Vielleicht hat Delia ja Recht. Vielleicht weiß ich nichts von wahrer Liebe. Aber weiß es irgendjemand?

Am Freitagabend versuchten Delia und ich, unsere Sorgen bei einem Bananasplit bei Swenson's zu vergessen. Andrew war auch mitgekommen, aber er hat nicht viel gesagt. Er starrte nur auf sein Eis, als könne er die Zukunft aus der Sahne ablesen. Wir waren schon drei schöne Stimmungskanonen.

»Weißt du, was dein Problem ist, Delia?«, fragte ich.

»Ja, dass du mich ständig fragst, ob ich weiß, was mein Problem ist«, antwortete sie automatisch. Wir hatten schon Millionen Gespräche so begonnen.

»Schon wieder falsch. Dein Problem ist, dass du dich zu schnell verliebst.«

»Ha! Und das sagt der Typ, der mich herausgefordert, ja *gezwungen* hat, mich zu verlieben.«

»Jetzt bin ich älter und klüger«, antwortete ich. »Und ich hab beschlossen, dass die Liebe für mich gegessen ist.«

Sie klopfte nachdenklich mit dem Löffel gegen ihren Eisbecher. »Ich denke, ich weiß, wie ich deine angeknackste Seele wieder dazu bringe, Ja zur Liebe zu sagen.«

Ich leckte meinen Löffel ab. »Das bezweifle ich zwar, aber nur raus damit.«

»Du solltest Ellen einladen.« Sie lehnte sich zurück und sah zufrieden mit sich aus.

»Ellen Frazier?«, fragte ich überrascht. Ich wusste zwar, dass Ellen mich immer von fern angehimmelt hatte, aber ich hatte nie darüber nachgedacht, sie einzuladen. Sie war immerhin Delias beste Freundin. Selbst der Gedanke, mit ihr zu gehen, war reichlich komisch.

»Natürlich Ellen Frazier. Sie ist hübsch, intelligent und mindestens zehnmal cooler als alle anderen Mädchen, mit denen du dich bisher getroffen hast.«

Andrew schaute von seinem Eisbecher auf. »Das stimmt. Was hast du denn zu verlieren?«

Ich starrte ihn an. »Bist du nicht derjenige, der im ganzen Semester noch keine einzige Verabredung hatte?«

»Das ist etwas anderes«, sagte er.

»Wieso?« Ich schaute ihn erwartungsvoll an, und Delia war auch ganz schön neugierig. In der letzten Zeit war Andrew sehr verschlossen gewesen.

Er wischte sich den Mund mit einer Serviette ab. »Weil *ich* Rachel fragen werde. Bald. Sogar sehr bald.«

Ich verdrehte die Augen. »Ach ja, richtig. So wie du sie schon ein Dutzend Mal in den letzten zwei Monaten gefragt hast.«

Andrew wurde rot. »Ich *hätte* sie ja gefragt, aber ich hab erst mal sehr sorgfältig ausgewählt. Und jetzt, nachdem ich zweiundvierzig Mädchen an der Schule geprüft habe, bin ich zu dem Schluss gekommen, dass Rachel die Einzige ist, die es wert ist, dass ich sie frage. Sollte keine Beleidigung sein, Delia.«

Delia zuckte mit den Schultern. Sie war Andrews Kommentare über Frauen gewöhnt. »Du bist so ein Lügner«, sagte ich. »Du hast sie bloß noch nicht gefragt, weil du Angst davor hast, dass du einen Korb kriegst.«

Andrew legte ein paar Münzen auf den Tisch. »Glaub, was du willst, Cain. Hör auf Delia und verabrede dich mit Ellen. Samstagabend allein zu Hause rumzusitzen macht *keinen* Spaß.« Er stand auf. »Wir sehen uns.«

Als Andrew gegangen war, legte Delia ihren Löffel hin. »Sag nicht, dass ich's nicht versucht hab. Wenn du mal alt und grau und allein bist, dann erinner dich, dass Delia versucht hat, dir zu helfen.«

»Ich werd drüber nachdenken«, sagte ich. »Aber im Moment geht meine ganze Energie dafür drauf, Rebecca zu vergessen. Das ist echt Vollbeschäftigung.«

»Wir müssen wohl denselben Chef haben. Viel Arbeit, wenig Brot«, sagte Delia. »Iss das noch auf.« Sie schob mir ihren fast leeren Eisbecher zu.

Ich kratzte den letzten Rest Sahne aus und ließ ihn auf der Zunge zergehen. »Wie wär's, wenn wir uns noch den

Spätfilm ansehen?«, fragte ich, nachdem ich runtergeschluckt hatte.

»Gute Idee«, stimmte sie zu. »Im Vierten gibt's eine Cary-Grant-Woche.«

Sie stand auf und nahm ihren Mantel und den Hut von der Stuhllehne. Als ich ihr in den Mantel half, sah ich uns kurz in dem altmodischen Wandspiegel.

Wir lächelten beide und sahen eigentlich aus wie alle anderen Paare bei Swenson's. Wenn ich es nicht besser gewusst hätte, hätte ich gedacht, dass wir das perfekte High-School-Pärchen sind, jung und verliebt.

Zweieinhalb Stunden später machte Delia den Fernseher aus. Wir saßen bei ihr im Wohnzimmer und hatten gerade *Die Nacht vor der Hochzeit* geguckt. Sie hatte diesen verklärten Gesichtsausdruck, den ich schon oft bei ihr gesehen hatte. Trotz ihrer harten Schale war sie unglaublich gefühlvoll.

»Glaubst du, dass mich irgendeiner so lieben könnte wie James Stewart Katharine Hepburn in dem Film?«, fragte sie.

»Das ist eine dumme Frage«, antwortete ich.

»Weil du glaubst, dass mich nie einer so lieben könnte?«, fragte sie traurig.

Delia hatte sich auf der Couch ausgestreckt, und ihre Füße lagen in meinem Schoß. Ich sah, dass ihr Gesichtsausdruck jetzt irgendwie schwermütig geworden war.

»Nein, Delia. Weil ich ganz sicher bin, dass es Hunderte gibt, die dich genau so lieben könnten und auch wollen.«

Sie lächelte. »Wirklich? Meinst du das ernst?«

»Delia, du bist das aufregendste Mädchen an der Schule. Auf der ganzen Welt. Wer sich nicht in dich verliebt, ist einfach blöd.«

Sie setzte sich auf und legte einen Arm um mich. Ich erwiderte ihre Umarmung und war froh, dass sie wieder lächelte. »Ich bin so glücklich, dass du mein bester Freund bist«, sagte sie.

»Nicht halb so glücklich wie ich«, antwortete ich. Ich umarmte sie fester.

»Ich liebe dich«, sagte Delia und presste ihr Gesicht gegen meine Brust.

»Ich dich auch. Immer.«

Wir benutzten das Wort ziemlich oft. Wir wussten beide, dass wir uns am Ende des Satzes »als ein Freund« dazudenken mussten, sodass wir keine Probleme damit hatten. Aber an diesem Abend schienen die Worte wahrer als früher. Ich hab angenommen, dass es an den stürmischen Zeiten lag, die wir beide gerade durchgemacht hatten, und dass wir ganz genau wussten, wir sehr wir auf unsere Freundschaft angewiesen waren.

Delia hob ihren Kopf und gab mir einen freundschaftlichen Kuss auf die Wange. Ich gab ihr einen Kuss auf *ihre* Wange. Dann gab sie mir einen Kuss auf die andere Wange. Und ich gab ihr einen Kuss auf *ihre* andere Wange. Wir machten damit immer so weiter, bis wir bestimmt zwanzig Küsse getauscht hatten.

Als ich mich wieder einmal herabbeugte, um sie auf die Wange zu küssen, landeten meine Lippen unabsichtlich-absichtlich auf ihren Lippen. Aber ich zog mein Gesicht nicht weg, sondern gab ihr einen flüchtigen Kuss auf den Mund, den sie erwiderte. Plötzlich küsste ich sie wieder und wieder und wollte mehr und mehr.

Delia reagierte und öffnete ihre Lippen. Meine Finger verhedderten sich in ihren Haaren, und ihre Hände gruben sich in mein Hemd. Ich hatte jegliches Zeitgefühl verloren und ging völlig auf in dieser Empfindung, die im ganzen Körper brannte. Mir kam es so vor, als wären wir nur noch eine Person, zwei Hälften, die zusammengehören.

Auf einmal löste sich Delia. Sie stand erst kerzengerade und bewegungslos vor mir und sank dann in den Stuhl neben dem Kamin. Ohne Vorwarnung brach sie in Tränen aus. Sie vergrub ihr Gesicht in den Händen und weinte still vor sich hin.

Ich war total hilflos und stand auf. Ich klopfte ihr auf den Rücken und versuchte sie zu trösten.

Nach einer Weile begann sie zu sprechen. »Mit James … Küsse … nie … hab ich nicht …«

Ich konnte nur so etwa jedes zehnte Wort verstehen, aber es brauchte nicht viel, um zu begreifen, dass sie wegen James völlig von der Rolle war. Während sie mich küsste, hatte sie sich daran erinnert, dass der, den sie wirklich liebte, sie verlassen hatte.

»Delia, mach dir keine Sorgen, alles wird gut«, sagte ich und wusste nicht, ob das stimmte oder nicht.

»Meinst du?«, fragte sie mit tränenerstickter Stimme und sah zu mir hoch.

Ich nickte entschlossen. »Hör zu, wir stehen im Moment

beide ein bisschen neben uns. Da ist es ja kein Wunder, dass wir uns aneinander festhalten. Aber ich versprech dir, zwischen uns hat sich nichts geändert.«

»Du hast Recht«, sagte sie und wischte sich mit dem Handrücken die Tränen ab. »Ich bin bloß wegen James so durcheinander, das ist alles.«

Sie schien sich wieder zu beruhigen. Darüber war ich froh, auch wenn mir schon sauer aufstieß, dass sie an nichts anderes als an Saugnapf dachte. Für mich waren unsere Küsse jedenfalls wie kleine Explosionen gewesen. Trotzdem spielte ich die Rolle des besten Freundes wie ein Schauspieler, der den Oscar gewonnen hat.

»Wir sind Freunde. Wie immer«, sagte ich bestimmt.

Sie lächelte und streckte eine Hand aus. »Freunde«, wiederholte sie.

Wir schüttelten uns die Hände, als hätten wir gerade ein Geschäft abgeschlossen. »Das ist das schönste Wort«, sagte ich in meinem besten professoralen Tonfall.

Delia sah auf den Boden. »Ja«, sagte sie zu sich selbst. »Ich bin nur traurig wegen James …«

Plötzlich wollte ich nur noch von Delia und ihrer Jammerei wegen James weg. Ich wollte nach Hause gehen, um in Ruhe nachzudenken.

»Na, ich schätze, wir haben *beide* die Wette verloren«, sagte ich und versuchte, unser merkwürdiges Gespräch wieder zu beenden.

»Da hast du wohl Recht.« Delias Stimme war eine seltsame Mischung aus Traurigkeit und Heiterkeit, aber ihr Gesichtsausdruck verriet überhaupt nichts.

Um ehrlich zu sein, ich hatte keine Ahnung, was ich aus der ganzen Situation machen sollte.

Auf dem Nachhauseweg hatte ich immer noch Delias Jammerei wegen James im Kopf. Ich konnte absolut nicht verstehen, was sie an dem Typen fand, außer vielleicht seinem Fotomodellgesicht.

Als ich im Bett lag, ist mir klar geworden, dass ich eindeutig sauer war wegen Delias ewigem Schmachten nach James. Ehrlich, es war beleidigend.

Ich starrte an die Decke und dachte über all die Mädchen nach, die ich geküsst hatte. Mit allen Mädchen der Schule, die es lohnten, war ich ein paar Mal ausgegangen, und nur Rebecca hatte bisher mit mir Schluss gemacht. Sie war verletzt gewesen, dass ich Delia verteidigt hatte, und hatte dann wild um sich geschlagen. Und auch wenn ich es Delia gegenüber nicht erwähnt hatte, war ich sicher, dass Rebecca mich wieder nehmen würde, wenn ich sie fragte. Die ganzen Wochen hindurch hatte sie mir in der Klasse schmachtende Blicke zugeworfen.

Aber ich wollte ja gar nicht zurück zu Rebecca. Ich wollte, dass Delia begriff, wie viele Mädchen sich wünschten, heute Abend an ihrer Stelle gewesen zu sein. Und keine wäre in Tränen ausgebrochen, nachdem ich sie geküsst hatte. Ganz im Gegenteil.

Ich setzte mich hin und schlug auf mein Kopfkissen. Schluss mit dem Jammern, ich musste was unternehmen.

Die Tatsache, dass ich Delia geküsst hatte und dass ich mich jetzt wie verrückt mit ihr und ihrem James beschäftigte, zeigte doch nur, dass ich zu viel Zeit hatte. Wenn ich mit einem anderen Mädchen ausgehen würde (unter der Bedingung, mich nicht zu verlieben), wäre alles in meinem Leben wieder normal.

Plötzlich erinnerte ich mich, dass Delia vorgeschlagen hatte, Ellen einzuladen. Bis zu diesem Moment hatte ich noch weniger als keine Absicht gehabt, mich mit Ellen zu verabreden. Aber da Delia auf die Idee so versessen war, sollte ich es vielleicht tun. Und wenn es schon sonst nichts brachte, würde es ihr immerhin zeigen, dass ich weiterlebte, während sie sich die Augen ausweinte über diesen Heini, den sie Freund nannte. Und sie brauchte sich dann auch keine Gedanken mehr zu machen, dass ich sie noch mal küsste.

Ich schloss die Augen und schlief schließlich ein. Als Erstes würde ich morgen früh Ellen anrufen. Ich würde mit Delias Freundin ausgehen und mich vergnügen – und wenn ich dabei draufgehen sollte.

Kapitel 15

Delia

Am Samstagmorgen wanderte ich ruhelos durchs Haus. Meine Eltern waren zu einer Handwerksmesse gefahren, und das Haus war totenstill. Später musste ich noch auf Nina aufpassen, aber bis dahin hatte ich nichts zu tun. Irgendwie ist man als Teenager ziemlich mies dran, wenn man nur einem Abend mit einer Zehnjährigen entgegensieht.

Gegen Mittag setzte ich mich an den Computer und beschäftigte mich mit der Aufgabe für den Schreibkurs. Meine Finger tippten irgendwas. Mir fiel nichts ein. Die letzte Nacht ging mir im Kopf herum, aber ich kam mit meinen Gedanken nicht weiter. Ich fühlte mich, als wär ich im Weltall ausgesetzt und wartete darauf, dass etwas passiert – aber was, davon hatte ich keine Vorstellung.

Als es klingelte, rannte ich nach unten. In diesem Moment wäre ich schon glücklich gewesen, mit einem Vertreter zu plaudern. Irgendwas, was mich ablenkte.

Meine Stimmung wurde sofort besser, als ich Ellens Auto vor dem Haus sah.

Ich beschloss auf der Stelle, ihr zu erzählen, was am Abend vorher mit Cain passiert war.

»Ich hab eine Neuigkeit, die haut dich glatt um«, sagte sie, kaum dass ich die Tür geöffnet hatte.

»Sind wieder mal Marsmännchen da?«, antwortete ich und hängte ihren Mantel auf.

»Marsmännchen sind nichts im Vergleich zu dem, was mir heute Morgen passiert ist«, sagte sie mit leuchtenden Augen.

Wir gingen in die Küche, und ich nahm zwei Cola aus dem Kühlschrank. »Nun spann mich nicht so auf die Folter! Los, erzähl schon.«

Sie machte ihre Cola auf. »Also, ich hab Zeitung gelesen und wollte mich dann um meinen Krempel kümmern. Ich meine, ich hab von dem Tag nichts erwartet. Nichts.«

»Komm endlich auf den Punkt«, unterbrach ich. »Ich halt's nicht mehr aus.«

»Cain hat angerufen und mich eingeladen – für heute Abend.«

Ich hustete und verschüttete meine Cola. »Du machst Witze.«

Sie schüttelte den Kopf. »Nein. Wir gehen essen.«

»Wow.« Ich fühlte mich, als hätte man mich gerade kurz und klein geschlagen.

Ellen sah mich mit großen Augen an. »Macht dir doch nichts aus, oder? Ich meine, ich hab mir vorgestellt, wie du ein gutes Wort für mich eingelegt hast und …«

Ich zwang mich zu einem Lächeln. »Überhaupt nicht. Ich bin nur überrascht, dass er nichts davon gesagt hat, das ist alles.«

»Du siehst ein bisschen blass aus«, sagte Ellen und musterte mich.

»Hey, ich hab schon immer gedacht, dass ihr beide gut

zusammenpasst. Ich freu mich nur so, dass ich gar nicht weiß, was ich sagen soll.«

Ellen grinste wieder. »Okay. Ich nehm dich beim Wort. Wie sieht's aus, kann ich mir was zum Anziehen borgen?«

»Wir finden bestimmt was. Wenn Cain dich erst mal sieht, wird Rebecca nur noch eine schwache Erinnerung sein.«

Trotz meiner Worte fühlte ich mich total leer. Es stimmte ja, es war meine Idee gewesen, dass Cain meine Freundin Ellen einladen sollte. Ich hatte bloß nicht damit gerechnet, dass er es wirklich machen würde.

Aber eine Sache stand damit fest. Ich konnte Ellen jetzt nichts über gestern Abend sagen. Ich konnte mir gut vorstellen, wie die beiden sich beim Essen darüber lustig machten. »Arme Delia«, würde Cain sagen. »Sie wird wohl nie einen Freund kriegen.«

Ich zitterte. Die beiden durften auf keinen Fall merken, dass ich wegen ihrer Verabredung total durcheinander war.

»Lass uns nach oben gehen«, sagte ich und stand auf. »Wir haben keine Zeit zu verlieren.«

»Danke, Delia. Ich wusste, dass ich mich auf dich verlassen kann.« Sie umarmte mich kurz, und ihre Augen leuchteten.

Ich durchwühlte meinen Kleiderschrank. Ich nahm ein grünes Kleid heraus und hielt es Ellen hin. »Probier das mal«, sagte ich.

»Denk dran, dass ich heute Abend den Wonderbra umhabe«, sagte Ellen vergnügt. »Also rechne ein bisschen was dazu.«

Ich warf mich aufs Bett und sah ihr beim Umziehen zu. »Dieser Wonderbra ist wie deine Schmusedecke«, sagte ich.

Sie kicherte. »Wie seh ich aus?«

»Toll.« Sie hatte jetzt das Kleid an, und es stand ihr besser als mir. »Du kannst es haben. Es sieht bei dir viel besser aus.«

Ellen drehte sich vor dem Spiegel. »Meinst du, Cain gefällt es?«

»Bestimmt.«

Ellen prüfte vor dem Spiegel ihr Gesicht. »Ich glaub, ich krieg am Kinn einen Pickel.«

»Nein, kriegst du nicht«, sagte ich und wollte mich ermutigend anhören.

Ellen setzte sich auf meinen Schreibtischstuhl. »Ich bin etwas nervös«, gestand sie.

»Brauchst du nicht. Du bist unendlich viel cooler als die anderen, mit denen Cain je verabredet war.«

Plötzlich saß Ellen kerzengerade. »Hey, du kennst Cain besser als sonst jemand. Hast du nicht ein paar Tipps für mich?«

Ich schloss die Augen und dachte nach. Wie konnte ich all das, was ich von Cain wusste, in ein paar kurzen Sätzen zusammenfassen? Im Kopf ging ich alles durch, was ich ihr über ihn erzählen könnte. Ich atmete tief durch.

»Also, er hasst Gurken auf seinem Hamburger. Erzähl ihm nicht, dass du dich zu dick findest. Es stört ihn nicht, wenn du im Auto singst – außer du hörst dich an wie eine blökende Kuh. Er macht gern Leute nach. Und wenn du nicht raten kannst, wen er nachmacht, dann kannst du einfach annehmen, dass es Elvis ist. Wenn sein Auge zuckt, versucht er, dir nicht zu zeigen, dass er sauer ist …«

Ich konnte gar nicht mehr aufhören. Es war so, als hätte ich einen Staudamm geöffnet. Ellen saß schweigend da und beobachtete mich. Sie schien zuzuhören, also fuhr ich fort.

»Grün ist seine Lieblingsfarbe. Insgeheim ist er ein Fan von Diskomusik. Nachts hört er Talkradio. Er hasst oberflächliche Mädchen, aber das darfst du nicht auf seine *letzte* Freundin beziehen. Er würde lieber sterben als später mal in 'ner Kanzlei zu arbeiten. Er ist am witzigsten, wenn …«

»Delia, alles in Ordnung?«, fragte Ellen plötzlich. Sie hielt abwehrend ihre Hände hoch und deutete damit an, dass ich aufhören sollte.

Ich hatte fast vergessen, dass sie da war. »Was? Oh, tut mir Leid. Ich schätze, das war mehr über Cain, als du wissen wolltest.«

Ellen rieb sich die Fingernägel, biss sich auf die Lippe und warf mir dann einen schnellen Blick zu. »Du liebst Cain, oder?« Sie sprach leise, aber jedes einzelne Wort dröhnte in meinem Kopf.

»Was?«, stieß ich hervor. Um etwas zu tun zu haben, griff ich mir ein Kissen und drückte es gegen meine Brust.

Ellen runzelte die Stirn. »Du hast mich schon verstanden. Ich glaube, dass du Cain liebst.«

»Das ist ja wohl das Dümmste, was ich je gehört hab«, sagte ich laut und wendete meinen Blick ab. »Mach dich nicht lächerlich.«

»Delia, wie du über ihn gesprochen hast … so wie …«

»Ich liebe Cain nicht, und basta.« Ich wusste, dass meine Stimme sich etwas gepresst anhörte, aber ich konnte es nicht ändern.

»Bist du sicher –«

»Klar bin ich sicher. Und jetzt nimm das Kleid und mach dich fertig. Ich muss noch zu Nina.«

Ein paar Minuten später schloss ich leise die Tür hinter Ellen. Ich stand reglos im Flur und hörte auf die Stille im Haus. *Ich liebe Cain nicht*, sagte ich mir. Und als die Worte in meinem Kopf widerhallten, glaubte ich fast, dass sie stimmten.

Am Samstagabend war Nina so aufgedreht, dass ich sie praktisch nach oben tragen musste, um sie ins Bett zu kriegen. Sie war einen Abend zuvor auf Marcys Party gewesen, und sie wollte mir unbedingt jede Einzelheit dieses großen Ereignisses erzählen.

»Und dann hat mir Peter Ross Eiswürfel in den Rücken geschüttet«, sagte sie und zog nur widerstrebend ihr Nachthemd an.

»Und was hast du gemacht?« Ich nahm ihre Bürste und setzte mich zu ihr auf den Bettrand.

»Zuerst hab ich geschrien. Dann hab ich's ihm zurückgegeben. Alle haben so gelacht, dass ich dachte, wir würden uns in die Hose machen.« Sie kicherte bei der Erinnerung.

»Sitz still«, sagte ich. »Sonst ziept's noch mehr.« Als ich ihre Haare bürstete, wartete ich darauf, dass sie weitererzählte.

»Aber das Beste hab ich dir noch gar nicht erzählt«, sagte sie.

»Noch was?« Trotz meiner schlechten Stimmung musste ich lächeln. Ninas aufgekratzte Stimmung schien mich langsam anzustecken.

Sie nickte. »Ich erzähl dir's aber nur, wenn du versprichst, es nicht Mama und Papa zu sagen«, sagte sie feierlich.

»Großes Indianerehrenwort.«

Sie drehte sich um, und ich sah ihr an, dass sie es kaum erwarten konnte, ihr Geheimnis zu erzählen. »Wir haben ›Dreh die Flasche‹ gespielt!«

»Nein!« Ich versuchte, mich so entrüstet wie möglich anzuhören. Ich wette, Nina hatte auf so eine dramatische Reaktion gehofft.

»Doch! Und die Jungs waren so unanständig, dass ich dachte, mir wird schlecht.«

»Wen musstest du denn küssen?«, fragte ich. Ich schubste sie aus dem Bett, um die Decke zurückzuziehen.

»Peter Ross! Igitt!« Nina verzog ihr Gesicht und streckte die Zunge heraus.

Ich lachte. »Na, du hast es überlebt. Vielleicht *willst* du ihn eines Tages sogar küssen.«

Sie schüttelte heftig den Kopf. »Nicht in einer Million Jahren.«

»Wenn du es sagst«, sagte ich und gab ihr einen Gutenachtkuss. Ich machte die Lampe neben ihrem Bett aus.

Als ich gerade aus dem Zimmer gehen wollte, setzte sie sich wieder auf. »Hey, Delia?«

»Was?«, fragte ich und stemmte die Arme in die Hüften.

»Glaubst du, dass ich Peter mal heiraten werde? Weil wir uns geküsst haben?«

»Ja. Und danach wirst du bis in alle Ewigkeit glücklich leben.« Ich machte das Licht wieder aus und hoffte, dass sie die Bitterkeit in meiner Stimme nicht bemerkt hatte.

Ich ging hinaus und war sicher, dass sie gleich tief schlafen und von »Igitt«-Peter träumen würde. Ich war froh, ihr nicht gesagt zu haben, dass alles, was sie da gerade erlebte, nach der fünften Klasse sowieso nur den Bach runtergehen würde. Sie musste es bald selbst herausfinden.

Jetzt gab es nichts mehr zu tun. Ich schnappte mir eine Tüte Brezeln und schaltete MTV ein. Ich biss grimmig auf eine Brezel und hoffte, dass sich Cain und Ellen wenigstens gut amüsierten. Ich hoffte es wirklich für sie. Wirklich.

Nach einer Stunde langweilten mich die Musikvideos. Ich war neugierig. Ich konnte auch nicht eine Sekunde länger warten und musste herausfinden, wie die Verabredung gelaufen war. Ich sah auf die Uhr und dachte, dass Ellen schon zu Hause sein müsste. Wie lange konnte ein Essen schließlich dauern?

Ellen war noch nicht zu Hause, und das bedeutete, dass sie und Cain noch zusammen waren. Die Verabredung war also ganz offensichtlich ein voller Erfolg. Nun würden weitere Verabredungen folgen. Und noch mehr. Bald würden sie öffentlich Händchen halten. Und ich wäre wie das fünfte Rad am Wagen, allein und draußen.

Ich konnte Cain nicht mehr vertrauen, wenn er mit Ellen zusammen war. So viel Druck hielt unsere Freundschaft nicht aus. Aber ich wollte auch seinem Glück nicht im Wege stehen – oder dem von Ellen.

»Ich werde einen glatten Schnitt machen«, sagte ich zum Fernseher. »Das wird für alle das Beste sein.«

Kapitel 16

Cain

Ist das nicht Delias Kleid?«, hab ich Ellen plötzlich gefragt. Sie hat an sich heruntergesehen und gelacht. »Ja. Sie hat's mir geschenkt.«

»Warum?« Ich wusste, dass das nicht sehr höflich war, aber ich konnte mir nicht vorstellen, warum Delia ihr grünes Kleid hergegeben hatte. Es war eins meiner Lieblingskleider – und es stand Delia um einiges besser.

»Ich glaube, sie hatte es satt«, sagte Ellen achselzuckend.

»Sie frustriert mich am laufenden Band«, sagte ich, als wär Ellen gar nicht da.

Wir saßen in Anthony's Pasta House, und ich hatte das Gefühl, dass mein Kopf gleich explodieren würde. Ich hatte es das ganze Essen über geschafft, Delia nicht zu erwähnen, und hatte mir große Mühe gegeben, zu Ellen aufmerksam zu sein und sie als jemanden zu sehen, mit dem ich mich eben verabreden konnte. Aber als der Ober mit unserem Kaffee kam, wusste ich, dass aus uns nichts werden konnte. In meinen Augen war sie Delias Freundin. Sie war schon toll, aber immer, wenn ich sie ansah, sah ich Delia. Und jetzt redete ich über das, was mir schon den ganzen Tag durch den Kopf ging – Delia Byrne.

»Ich vermute, wir reden jetzt über Delia?«, fragte sie und runzelte die Stirn.

»Ja.«

»Ich glaube, du frustrierst sie auch«, sagte Ellen ernst. Sie nippte an ihrem Kaffee und wartete, dass ich etwas sagte.

»Ich liebe sie einfach dermaßen.« Ich goss noch mehr Milch in meinen Kaffee und rührte abwesend um.

»Sie liebt dich auch«, sagte Ellen seufzend.

»Ehrlich?«

»Ja, wirklich.« Ellen hielt inne. »Und ich hab gedacht, dass ich heute Abend wirklich eine Verabredung habe. Aber es sieht so aus, als bräuchtest du nur eine Therapeutin.« Sie schüttelte den Kopf und lachte in sich hinein.

Plötzlich begriff ich, was für ein Trottel ich war. »Ellen, es tut mir Leid. Ich will nicht endlos über Delia reden. Lass uns über etwas anderes sprechen. Zum Beispiel, äh, auf welches College willst du mal gehen?«

Sie lachte wieder leise. »Cain, versuch nicht so zu tun, als wärst du wirklich daran interessiert, auf welches College ich mal gehen will. Um ehrlich zu sein, du bist kein guter Schauspieler.«

»Bin ich so leicht zu durchschauen?«, fragte ich gekränkt.

»Von dem Moment an, als du mich abgeholt hast, waren deine Gedanken ganz woanders.« Sie lehnte sich in ihrem Stuhl zurück und faltete eine Papierserviette.

»Ich dachte, wenn wir uns verabreden, könnte ich vergessen ...« Ich war nicht sicher, was ich eigentlich sagen wollte.

»Vergessen, dass du Delia liebst?«, fragte Ellen trocken.

»Nein!«, widersprach ich schnell. »Ich meine, ich hab mich gerade von Rebecca getrennt und –«

»Verschon mich«, unterbrach Ellen. »Du und Delia – ihr liebt euch, und alle an der Schule wissen das seit Jahren. Seht doch der Realität einfach mal ins Auge und tut euch endlich zusammen.«

Mein Herz schlug wie verrückt, und ich konnte kaum noch atmen. »Glaubst du wirklich, dass Delia mich liebt?«

Sie knallte die Kaffeetasse auf den Tisch. »Cain, ich *weiß* es. Du hättest sie heute mal sehen sollen. Sie hat zwar so getan, als ob es sie nicht groß interessiert, dass du mit mir weggehst. Aber ich hab in ihren Augen wirklich *Tränen* gesehen.«

»Echt?« Mein Mund war trocken, und ich trank einen großen Schluck Mineralwasser.

Ellen rieb ihre Schläfen. »Denk drüber nach, Cain. Du weißt, dass ich seit zwei Jahren wirklich was für dich übrig habe. Und heute erst haben wir uns zum ersten Mal getroffen, na ja, und es hat ja zumindest auch als Verabredung *angefangen*. Glaubst du wirklich, dass ich dir ausgerechnet heute Abend sagen würde, dass ihr zusammengehört, wenn ich nicht absolut sicher wäre?« Sie winkte dem Ober, um zu bezahlen.

»Das seh ich ein«, sagte ich fast zu mir selbst.

»Gut. Und jetzt lass uns gehen. Ich nehme an, du willst nach Hause gehen und über Delia nachdenken.«

»Ellen, bitte versprich mir, dass du Delia kein Wort von dem erzählst, was ich dir heute gesagt hab.« Ich hielt den Atem an und betete, dass sie zustimmen würde.

»Versprochen«, sagte sie.

Ich seufzte erleichtert. »Wie kann ich dir danken?«, fragte ich. »Der Himmel ist die Grenze.«

Sie zeigte auf die Rechnung. »Ich sag dir was. Ich lass dich mein Essen bezahlen.«

»Gebongt«, sagte ich. Natürlich hätte ich ihr Essen sowieso bezahlt.

»Und kannst du mir auch einen Gefallen tun?«, fragte sie und nahm ihren Mantel.

»Alles, was du willst.«

»Lad mich nie, *nie* wieder ein.« Sie grinste, und ihre Augen blitzten vor Lachen.

Ich nahm ihre Hand und küsste sie auf die Stirn. »Weißt du, Ellen, du bist schwer in Ordnung.«

Ich pfiff vor mich hin, als wir das Restaurant verließen. Und den ganzen Nachhauseweg über sang ich laut im Auto.

Kaum war ich zu Hause, rannte ich hoch in mein Zimmer. Im Kopf wählte ich schon Delias Nummer. Wir hatten eine Menge zu besprechen.

Aber als ich auf dem Bett saß, das Telefon neben mir, packte mich plötzlich Ernüchterung. Als ich mit Ellen gesprochen hatte, sah alles so einfach aus. Jetzt, wo ich allein war, waren meine Gefühle sehr viel komplizierter. Delia und ich waren seit drei Jahren eng befreundet. Unsere Freundschaft verlief in sicheren Bahnen, und ich hatte nie ernsthaft daran gedacht, das zu ändern.

Ich stellte das Telefon zurück auf den Nachttisch und

ging hinüber zum Pinnbrett an der Wand. Es war über und über bedeckt mit Fotos aus meinen ersten drei High-School-Jahren. Fast auf der Hälfte der Fotos war auch Delia. An einem großen in der Mitte blieb mein Blick hängen.

Meine Mutter hatte es im Frühling aufgenommen, als wir gerade frisch auf die High-School gekommen waren. Delia und ich hatten, mit einem Haufen anderer Leute, in einer Autowaschanlage gearbeitet. Wir wollten Geld für ein Kinderkrankenhaus zusammenbekommen. Um drei Uhr nachmittags war die Arbeit zu Ende, und wir waren alle erschöpft und etwas gereizt.

Und dann hab ich einen Schlauch genommen und Delia bespritzt. Sie kippte mir dafür einen Eimer mit Seifenlauge über den Kopf. Plötzlich machten alle mit. Überall spritzte Wasser und Schaumflocken flogen durch die Gegend, und wir lachten uns alle kaputt.

Als ich schließlich das Wasser abdrehte, sah ich, dass meine Mutter unseren alten Kombi zum Waschen gebracht hatte.

Sie hatte einen Fotoapparat in der Hand und stand ein paar Meter abseits – außerhalb der Gefahrenzone. Delia und ich schlugen uns gerade gegenseitig in die erhobenen Hände. Ich erinnerte mich noch gut, wie unsere Hände aneinander abgerutscht waren, weil sie total glitschig waren.

Und genau in diesem Moment hatte meine Mutter auf den Auslöser gedrückt.

Ich musste lachen. So locker wie auf dem Foto, lachend und mir in die Hände klatschend – das war Delia. Es war, als wär ihr ganzes Wesen in dem Foto eingefangen. Aber es versetzte mir auch einen Stich.

Mein Blick schweifte über die anderen Fotos. Einige zeigten Andrew und mich, wie wir Basketball spielten oder sonst rumtobten. Aber meine Lieblingsfotos waren die mit Delia und mir – und mit meiner Großmutter, beim Reiten oder dabei, einen Schneemann zu bauen.

Was, wenn ich Delia sagen würde, dass ich sie ... eben liebe, und sie empfand dann nicht genauso? Ich wär total am Ende, ganz zu schweigen davon, dass ich eine gute Freundin verloren hätte. Unsere Sticheleien und unser gegenseitiges Vertrauen wären vorbei für immer.

Oder was, wenn wir näher zusammenkämen, aber es würde so enden wie immer? Es gab ja keine Garantie dafür, dass das mit uns immer so bleiben würde. Sie könnte jemanden treffen, in den sie sich verliebt, oder beschließen, dass ich furchtbar küsse, oder feststellen, dass meine Witze überhaupt nicht komisch sind. Mein Herz hätte dann für immer Narben, und außerdem hätte ich verloren, was mir am meisten auf der Welt bedeutete.

Ich seufzte tief und legte mich aufs Bett. Das Telefon schien mich auszulachen, und am liebsten hätte ich es gegen die Wand geknallt. Stattdessen nahm ich es und wählte die ersten sechs Zahlen von Delias Nummer.

Aber vor der letzten Zahl hörte ich auf. Ein paar Minuten saß ich reglos da und starrte das Poster von Michael Jordan an. Ich konnte es nicht. Ich konnte nicht meine Freundschaft riskieren. Der Einsatz war zu hoch.

Ohne mich auszuziehen, drehte ich mich auf die Seite. »Delia wird nie erfahren, was ich empfinde«, schwor ich mir. »Niemals.«

Kapitel 17

Delia

Ich wachte am Sonntag mit stechenden Kopfschmerzen auf. Unten hörte ich meine Eltern streiten, ob sie einen neuen Boiler anschaffen sollten oder nicht. Ich stöhnte und vergrub mein Gesicht im Kopfkissen, als ich mich an die letzten furchtbaren vierundzwanzig Stunden erinnerte. Ellen und Cain. Cain und Ellen. Delia und niemand. Es muss so ungefähr zwanzig vor sechs gewesen sein (ja, ich hatte die meiste Zeit wach gelegen und die Risse in meiner Zimmerdecke angestarrt), als ich plötzlich wusste, warum ich mich so schrecklich fühlte. Jetzt sagte ich es zum ersten Mal laut, um zu sehen, ob es stimmte.

»Ich liebe Cain«, flüsterte ich. »Und er liebt mich nicht.« Es auszusprechen war viel härter als es zu denken. Ich wischte mir ein paar Tränen aus dem Gesicht. Es war noch nicht mal zehn, und ich heulte schon. Wow, was für ein Wahnsinnsleben, dachte ich sarkastisch. Ich zog mir die Decke über den Kopf und zwang mich, die Wahrheit immer wieder vor mich hin zu sagen.

Als ich es nicht mehr länger aushielt, stand ich auf. Es war noch früh, aber es hatte ja keinen Zweck, das Unvermeidliche länger hinauszuschieben. Ich musste alle Brücken zu Cain abbrechen, und ich musste es heute tun.

Ich zog meine ältesten Jeans an und grub irgendwo ein

verblichenes T-Shirt von unserer Schule aus. Dann setzte ich noch eine Baseballmütze auf und zog völlig abgelatschte Schuhe an. Dann kämpfte ich damit, meine Haare in irgendeine Ordnung zu kriegen, und ich beschloss, sie mir abzuschneiden, auch wenn Cain bei verlorener Wette nicht darauf bestehen würde. Warum sollte ich mir Gedanken über mein Äußeres machen? Von jetzt an würde ich sowieso nur noch jedes Wochenende mit meinen Eltern rumhängen.

Aus dem Kleiderschrank im Flur nahm ich einen zerbeulten Pappkarton und stellte ihn mitten auf mein ungemachtes Bett. Langsam ging ich im Zimmer hin und her und sah mir verschiedene Erinnerungsstücke aus meiner bisherigen High-School-Zeit an. Die meisten erinnerten mich auf die eine oder andere Art an Cain, und wieder kamen mir die Tränen. Ich musste das alles loswerden. Noch die kleinste Sache, die mich an unsere Freundschaft erinnerte, würde eine einzige Qual sein.

Vorsichtig legte ich den Teddy, den Cain für mich in unserem ersten Schuljahr gewonnen hatte, in den Karton. Ich hatte ihn Mr Bean getauft, weil Cain mich immer zum Lachen brachte. Dem Bären folgte ein Paar silberne Ohrringe – Cains Geschenk zu meinem sechzehnten Geburtstag.

Ich ging zu der Wand an meinem Schreibtisch und nahm das gerahmte Bild von mir und Cain in der Autowaschanlage ab. Als ich wieder unser Lachen und unsere Gesichter voller Schaum sah, zog sich in mir alles zusammen. Nachdem ich das Foto in den Karton gelegt hatte, durchwühlte ich meinen Kleiderschrank. Ich hatte massenhaft T-Shirts von Cain und sie ihm nie zurückgegeben. »Er wird sich damit abfinden müssen, sie zurückzubekommen«, flüsterte ich und hielt ein schwarzes T-Shirt hoch.

Nach ein paar Minuten war der Karton voll. Ich sah mich im Zimmer um, das jetzt leer und unpersönlich aussah. Mein Leben war in einem Pappkarton verschwunden. Es war nichts mehr übrig.

Ich nahm den Karton und ging zur Tür. »Bis dann, Mr Bean«, sagte ich. »War nett mit dir.«

Mrs Parson versuchte erst gar nicht, mich aufzuhalten, als ich gleich an ihr vorbei die Treppe hochstürmte. Ich hatte einen Auftrag zu erfüllen, und niemand sollte mich daran hindern.

Vor Cains Tür ließ ich den Karton fallen. Das Geräusch dröhnte durchs ganze Haus. Dann klopfte ich laut an und kümmerte mich nicht darum, dass seine Eltern wahrscheinlich dachten, ich wär verrückt geworden.

»Was ist denn?«, rief Cain aus seinem Zimmer. Seine Stimme war so vertraut, war so sehr *er*, dass ich fast wieder kehrtgemacht und mich mit meinen konfusen Gefühlen abgefunden hätte. Aber ich schüttelte den Kopf und erinnerte mich, dass ich mich selbst genau vor diesem Moment gewarnt hatte. Ich hatte gewusst, dass es hart sein würde, Cain gegenüberzutreten, aber es gab keine andere Lösung.

»Ich bin's«, rief ich scharf und bemühte mich, meine Stimme nicht überschnappen zu lassen. Ich öffnete die Tür und schob den Karton mit einem Fuß ins Zimmer. Dann ging ich auch hinein und verschränkte die Arme vor der Brust.

»Was ist denn los?«, fragte Cain verschlafen. Er wirkte ziemlich verwirrt. Sein Haar war zerwühlt, und er hatte sich in die Decke gewickelt. Aber sogar in dem Zustand sah er fantastisch aus. Er hätte das Fotomodell auf einem Plakat für Matratzen sein können.

»Ich bring dir deinen ganzen Krempel«, sagte ich ausdruckslos. Ich hatte nicht die geringste Ahnung, wie ich ihm sagen sollte, dass wir keine Freunde mehr sein konnten. »Ich, äh, ich hab festgestellt, dass ich 'ne Menge T-Shirts von dir habe.«

Er sah auf die Uhr neben seinem Bett. »Und deswegen siehst du dich gezwungen, mir Sonntagmorgen um zehn meine *T-Shirts* zu bringen?«

»Musste ich«, sagte ich, als hätte ich soeben alles erklärt. »Mir ist natürlich klar, dass du müde bist nach dem tollen Abend mit Ellen, also werd ich dich weiterschlafen lassen.« Ich machte auf dem Absatz kehrt, um die Flucht zu ergreifen.

»Wart mal!«, sagte Cain plötzlich hellwach. »Willst du mir nicht erklären, was das hier alles soll? Ich versteh überhaupt nichts.«

Ich starrte auf den Teppich und dachte verzweifelt darüber nach, was ich sagen sollte. Mein Plan, einen klaren Schnitt zu machen, schien einige Mängel zu haben. »Wir können keine Freunde mehr sein«, sagte ich schließlich.

Als das erst mal heraus war, konnte ich die Tränen nicht mehr länger zurückhalten. Cain runzelte die Stirn, und er sah so lieb aus, dass ich mir nichts sehnlicher wünschte, als mich ihm in die Arme zu werfen und um seine Liebe zu betteln. Aber dann blieb mein Blick an seinem Mund hängen, und ich stellte mir vor, wie er Ellen geküsst hatte. Das ist wahrscheinlich ihr Nachtisch gewesen. Ein stechender Schmerz ging mir durch den ganzen Körper.

»Und warum nicht?«, fragte Cain mit zittriger Stimme.

»Es ist nicht mehr so wie früher zwischen uns«, sagte ich schluchzend. »Ich weiß nicht, wie ich es sonst erklären soll.«

Er schwieg und starrte mich mit offenem Mund an. Ich hab mir in dem Augenblick gewünscht, dass der Boden sich auftun und mich verschlucken würde, aber nichts passierte – nicht einmal ein Blitz zuckte.

»Du und Ellen, ihr werdet ein prächtiges Paar abgeben«, sagte ich. »Ich wünsch euch alles Gute.«

»Ellen und ich? Wir sind nicht –«

»Sei bloß still«, rief ich. »Ich will nichts davon hören.«

»Aber Delia, das ist verrückt. Mehr als verrückt!« Er war aufgestanden und kam auf mich zu.

»Tut mir Leid, Cain. Ich hab als Freund versagt, ich weiß. Aber bitte, sag nichts mehr. Lass mich allein – für immer.«

Ich rannte aus dem Zimmer und knallte die Tür hinter mir zu. Irgendwie stolperte ich die Treppe hinunter, die Tränen ließen alles vor mir verschwimmen.

Unten stürzte ich gleich durch die Tür und beachtete die besorgt aussehende Mrs Parson überhaupt nicht. Ich hörte, wie Cain mich rief, aber ich kümmerte mich nicht darum.

Ich rannte zum Auto, das ich in der Einfahrt geparkt hatte. Beim Zurückfahren sah ich Cain, der in der Haustür stand und wild mit den Armen fuchtelte. Eisern übersah ich ihn. Ich raste die leere Straße hinunter und ließ alles hinter mir.

Trotz des frostigen Wetters machte ich das Verdeck auf und genoss den Fahrtwind. Sonst wäre ich erstickt. Ich fuhr ziellos durch die Gegend und betete, als der Abstand zwischen Cain und mir wuchs, dass ich mich wieder wie ein Mensch fühlen würde.

Ich machte das Autoradio an. Die tiefe, beruhigend klingende Stimme des Diskjockeys erfüllte das Auto, und ich lehnte mich in meinem Sitz zurück. So hoffte ich, Cains Stimme, wie er hinter mir her gerufen hatte, aus meinem Kopf verscheuchen zu können.

»Und den folgenden Oldie hat sich Andrew für Rachel gewünscht – ›Let's Fall in Love‹. Er sagt, dass es gestern ein ganz toller Abend gewesen wär und dass er glücklich ist, dich endlich gefragt zu haben, ob du seine Freundin sein willst«, sagte der Diskjockey.

Ich machte das Radio aus und lachte bitter. Die Ironie war nicht mehr zu überbieten. Ich musste auf einen Parkplatz fahren und meine Gedanken sammeln. Wie groß war die Wahrscheinlichkeit, dass ich das Radio anmachte und einen Gruß von Andrew für Rachel hörte? Alle an der Schule schienen verliebt zu sein. Alle außer mir.

Ich legte den Kopf auf das Lenkrad und atmete tief durch. Ich würde nicht zum High-School-Ball gehen. Ich würde keine Verabredung haben zur Abschlussfeier. Ellen und ich würden nicht zusammen zum Winterball gehen. Cain und ich würden uns nichts zu Weihnachten schenken oder etwa zum Skilaufen in die Berge fahren. Von jetzt an würde ich nur noch als Gespenst durch die Flure der Schule wandeln.

Ich überlegte, den Abschluss sausen zu lassen und früher von der High-School abzugehen. Ich könnte in eine andere Stadt gehen, eine Arbeit annehmen und ein völlig neues Leben beginnen. Ich stellte mir vor, in New York zu leben und in ein paar furchtbaren Musicals abseits des Broadways zu tanzen. Dann stellte ich mir ein neues Leben im Mittelwesten vor. Ich könnte nach Nebraska gehen und auf einer Farm arbeiten. Oder ich könnte nach Kalifornien gehen und so werden wie die Hippies in den 60ern. Vielleicht könnte ich sogar eine neue Identität annehmen – ich würde mich Regenbogen oder Mondstrahl nennen.

Dann setzte ich mich wieder gerade hin und wischte mir die Tränen aus dem Gesicht. Ich war die schlichte alte Delia Byrne. Und mir ging es dreckig. Meine Eltern würden mir nie erlauben, woanders hinzugehen. Sie würden mich zwingen, meine erbärmliches Leben auszuhalten, mit einem einsamen Tag nach dem anderen.

Ich machte den Motor an und fuhr wieder los. Ich weiß nicht, wie lange ich so rumgefahren bin, aber plötzlich war ich vor dem Tivoli Theater. Das Tivoli ist ein altes Kino, das am Wochenende Klassiker zeigt. Als ich sah, dass um ein Uhr *Casablanca* anfangen sollte, stellte ich das Auto auf dem Parkplatz ab.

Casablanca hatte ich ja im September mit Cain zusammen gesehen. Damals war unser Verhältnis füreinander noch unkompliziert gewesen. Wenn ich doch nur die Uhr zurückstellen und alles, was seitdem passiert war, ungeschehen machen könnte.

Als ich die Eintrittskarte kaufte, sah mich die Kassiererin komisch an. »Der Film geht erst in fünfundvierzig Minuten los«, sagte sie. »Vielleicht kommst du noch mal wieder.«

Ich schüttelte den Kopf. Wo sollte ich schon hingehen. Ein leeres Kino war so gut wie alles andere, um allein zu sein.

»Ich warte«, antwortete ich und wusste, dass meine Stimme verheult klang.

»Okay, Schätzchen«, antwortete sie freundlich. »Geh nur rein.«

Ohne einen Menschen wirkte das Kino unheimlich und unwirklich. Aber ich setzte mich trotzdem irgendwohin. Ausgepumpt schloss ich die Augen und vergaß die Reihen mit den leeren Sitzen. Ob ich fünfundvierzig Minuten oder ein ganzes Leben warten musste, war unwichtig. Das Leben hatte keinen Sinn mehr.

Kapitel 18

Cain

Ich hab vor der Tür gestanden, bis Delias Auto um die Ecke gebogen war. Meine Mutter stand hinter mir und sah noch entsetzter aus, als ich mich fühlte.

»Was war das denn?«, fragte sie.

»Ach, das ist eine lange Geschichte«, sagte ich seufzend.

Ohne ein weiteres Wort ging ich nach oben und stellte den Karton, den Delia mir gebracht hatte, aufs Bett. Ich untersuchte seinen Inhalt, Stück für Stück. Als ich ganz unten Mr Bean fand, drückte ich ihn gegen meine Brust und vergrub mich wieder in der Decke.

Ich wusste nicht, was in Delia gefahren war. Hatte Ellen ihr vielleicht doch erzählt, was ich ihr am Abend zuvor gesagt hatte? Ich schüttelte den Kopf. Ich hatte Ellen geglaubt, dass sie es für sich behalten würde.

Ich dachte über alles nach, was seit dem Tag der Arbeit passiert war. Obwohl wir uns mehr als gewöhnlich gestritten hatten (viel mehr), hatte ich nie daran gedacht, dass Delia sich aus unserer Freundschaft ausklinken würde. Das konnte alles nicht wahr sein. Wir gehörten zusammen, und jetzt hatte sie uns auseinander gerissen. Warum bloß?

Von ganzem Herzen wünschte ich mir, dass sie nur auf Ellen eifersüchtig war. Aber es war ihre Idee gewesen, dass ich mich mit ihrer Freundin verabreden sollte. Sie wollte mich über Rebecca hinwegtrösten, mein Leben sollte weitergehen. Und es war Delia gewesen, die sich nach James gesehnt und sich so aufgeführt hatte, als würde die Welt untergehen, als er zu Tanya zurückgekehrt war. Und als ich sie am Freitag geküsst hatte, war sie diejenige gewesen, die sich losgerissen hatte. Als ich daran zurückdachte, wie sie wegen James geheult hatte, ist mir ganz anders geworden.

Den ganzen Vormittag nahm ich die Sachen in die Hand, die Delia mir gebracht hatte. Und jedes Mal, wenn ich Mr Beans wuscheliges braunes Gesicht sah, kriegte ich fast die Krise. Delia wollte allein gelassen werden, und ich konnte nichts dagegen machen.

Und dann bin ich sauer geworden. Was dachte sie eigentlich, wer sie war? Seit wann traf sie alle Entscheidungen im Hinblick auf unsere Freundschaft? Ich griff zum Telefon. Ich wollte sie zwingen, mit mir zu sprechen, auch wenn ich zu ihr nach Hause gehen und mich bei ihr verbarrikadieren müsste.

Ich legte auf, als sich nur ihr Anrufbeantworter meldete. Irgendwie war der Gedanke nicht auszuhalten, ihr eine verzweifelte Botschaft zukommen zu lassen – und möglicherweise war sie im Zimmer und hörte zu. Ich konnte Delia nicht zwingen, mit mir zu sprechen. Sie wäre nur sauer und würde mich für aufdringlich halten. Alles, was ich tun konnte, war … nichts.

Ich war überrascht, als das Telefon klingelte. Aber ich nahm nach dem ersten Mal ab und hoffte gegen jede Vernunft, dass Delia sich alles noch mal überlegt hatte.

»Na, Cain«, sagte Andrew bester Laune.

»Hey, Andrew.« Krampfhaft suchte ich nach einer Ausrede, um den Hörer so schnell wie möglich wieder auflegen zu können.

»Ich hab's endlich gewagt, Alter.« Er hörte sich absolut ekstatisch an. »Ich hab's gemacht.«

»Wovon sprichst du eigentlich?«, fragte ich und massierte mir mit einer Hand den Nacken.

»Von *Rachel*. Gestern war ich mit ihr verabredet. Es war sagenhaft. Ich bin morgens aufgewacht und hab zu mir gesagt: ›Andrew, heute benimmst du dich wie ein Mann und rufst das Mädchen an, wegen dem du dich wie ein Verrückter aufführst.‹ Also hab ich sie angerufen, und der Rest ist Geschichte.«

»Ich hoffe, ihr hattet 'nen schönen Abend«, sagte ich und versuchte, nicht zynisch zu klingen.

»Mensch, es ist, als ob wir füreinander gemacht sind. Und weißt du, was das Beste ist?«, fragte er.

»Na, was?« Ich drückte Mr Bean so fest ich konnte und versuchte, für die beiden glücklich zu sein.

»Sie hat mir erzählt, dass sie schon das ganze Semester in mich verknallt ist. Das ist doch Wahnsinn, oder?«

»Wahnsinn«, sagte ich.

Ich konnte nicht glauben, dass ausgerechnet Andrew verliebt war. Er war immer derjenige gewesen, der mich und meine Absichten, die Richtige zu finden, niedergemacht hatte. Und jetzt schwafelte er wie ein Idiot und hörte sich glücklicher an, als ich ihn je gehört hatte.

»Willst du wissen, was ich heute Morgen gemacht hab?«

»Sag schon.«

Andrew schien nicht zu bemerken, dass ich von unserer Unterhaltung nicht so begeistert war wie er. »Ich hab einen von diesen Sendern angerufen und dem Diskjockey einen Gruß durchgegeben. Und dann hab ich Rachel angerufen und ihr gesagt, dass sie das Radio anmachen soll. Wir sind beide am Telefon geblieben, ohne ein Wort zu sagen, und haben nur auf das Lied gewartet.« Andrew seufzte zufrieden.

»Hört sich an, als ob's dich schwer erwischt hat«, sagte ich. Ich wusste nicht, wie ich ihm beibringen sollte, dass er das Messer in meiner Wunde immer weiter herumdrehte, wenn er von seinen Liebeserklärungen sprach.

»Ich hab sie sogar zum Winterball eingeladen«, fuhr er fort. »Hey, vielleicht können wir mit dir und wem auch immer hingehen.«

»Irgendwie glaub ich nicht, dass ich hingehe.«

»Cain, natürlich gehst du hin. Zur Not kannst du doch mit Delia hingehen. Ihr seid beide solo – und die meisten denken sowieso, dass ihr zusammen seid.«

Ich hörte, wie ich leicht irre lachte. Wenn ich noch eine Sekunde länger mit Andrew redete, würde ich aus dem Fenster springen. »Hör zu, Alter, meine Mutter ruft mich gerade. Aber ich bin wirklich froh für dich und Rachel. Halt die Ohren steif.« Ich legte auf, bevor er noch etwas sagen konnte. Ich war erst siebzehn, und mein Leben war nur noch absolute Einsamkeit. Da lag ich nun und wusste nicht, wie lange ich das aushalten würde.

Ich weiß nicht, wie viel Zeit vergangen war, als meine Mutter den Kopf durch die Tür steckte. Es können Sekunden gewesen sein, Stunden, Tage.

»Wir gehen zu einer Auktion«, sagte sie. »Willst du mitkommen?«

Ich schob Mr Bean unter die Decke und schüttelte den Kopf. »Ich schätze, ich werd wohl noch eine Weile rumgammeln.«

Meine Mutter lächelte ihr mütterlichstes Lächeln und gab mir das Gefühl, erst fünf zu sein. »Okay, Schatz. Aber bleib nicht den ganzen Tag im Bett. Das ist nicht gesund.« Sie schloss die Tür hinter sich, und ich holte Mr Bean wieder aus seinem Versteck.

Als ich hörte, wie die Garagentür aufging, wälzte ich mich aus dem Bett. Im Badezimmer versuchte ich, mir die Zähne zu putzen und mir das Gesicht zu waschen. Aber allein der Gedanke daran, mir die Haare zu kämmen, war schon viel zu anstrengend.

Ich kam mir immer noch vor wie in einem Vakuum, ging in die Küche runter und goss mir einen Kaffee ein. Dann blätterte ich unkonzentriert die Zeitung durch und hoffte, dass mir irgendwann Delia aus dem Kopf gehen würde.

Ich las den Sportteil, aber gleich nachdem ich die Ergebnisse durchgesehen hatte, stellte ich fest, dass ich mich nicht mehr erinnern konnte, wer die Footballspiele gewonnen hatte. Und es interessierte mich auch nicht wirklich.

Ich schlug den Kulturteil auf. Vielleicht würde mir ja ein Film helfen, mich aus meiner grausamen Wirklichkeit herauszuholen. Mein Blick fiel auf eine große Anzeige für

Casablanca. Der Film lief im Tivoli, und die erste Vorstellung begann um eins. Meine Gedanken wanderten zurück zum letzten Mal, als ich den Film gesehen hatte. Delia war schon im Bett gewesen, als ich sie angerufen hatte, aber sie war aufgestanden und hatte ihn dann mit mir zusammen angeguckt.

Ich sah auf die Uhr. In fünfzehn Minuten sollte der Film beginnen. Ich raste zur Tür, warf mir meinen Mantel über und schnappte mir die Schlüssel. Dann griff ich automatisch zum Telefon, um Delia anzurufen und sie zu fragen, ob sie mitgehen würde.

In dem Moment, als ich den Hörer abnahm, legte ich ihn gleich wieder auf. Ich hatte nicht daran gedacht, was vorhin passiert war. Und das war schließlich der Grund dafür, warum ich ins Kino gehen wollte. Mir war schlecht. Ich konnte Delia nie wieder anrufen. Ich musste in Zukunft allein ins Kino gehen. Keiner von meinen anderen Freunden konnte verstehen, wieso ich auf die alten, klassischen Schwarzweißfilme so abfuhr.

Auf der Fahrt ins Kino wurde mir klar, dass mir Delia wohl ausgerechnet bei Humphrey Bogart und Ingrid Bergman nicht aus dem Kopf gehen würde. Wahrscheinlich würde ich heulen, wenn Sam »As Time Goes By« für Ilsa spielte.

Trotzdem kaufte ich eine Karte. Nichts würde mich davon abbringen, an Delia zu denken, und deswegen konnte ich auch deprimiert in einem dunklen Kino hocken.

»Bist du hier mit jemandem verabredet?«, fragte mich die Kassiererin, als sie mir die Karte gab.

»Nein. Ganz und gar nicht«, antwortete ich.

Sie zuckte mit den Schultern. »Dann muss wohl irgendwas in der Luft liegen heute«, sagte sie mehr zu sich selbst.

»Muss wohl«, stimmte ich zu und wusste zwar nicht, wovon sie redete, es war mir aber auch piepegal.

Obwohl ich spät dran war, kaufte ich noch eine Tüte Popcorn. Ich hatte noch nichts gegessen, und mein Magen knurrte. Ich war zwar nicht sicher, ob ich eine große Tüte schaffen würde, aber ich nahm trotzdem eine, für alle Fälle.

Das kleine Kino war nur halb voll. Auf der Leinwand war Humphrey Bogart zu sehen, und im Hintergrund spielte Musik. In diesem Moment fühlte ich mich ihm unheimlich nahe. Er hatte seine einzige große Liebe verloren, und jetzt war er dazu verurteilt, ein absolut bedeutungsloses Leben zu führen. Dabei war er immer cool und unnahbar, weil die Leute denken sollten, dass ihn das alles eigentlich gar nicht betraf. Ich beschloss, von jetzt an auch so zu sein – ein allein stehender Macho, der unberührt von Gefühlen oder Wünschen durchs Leben geht.

Gedankenversunken wartete ich darauf, dass meine Augen sich an die Dunkelheit gewöhnen würden. Dann ging ich leise nach vorne und wollte mich auf einen Platz setzen, um den herum mehrere freie Sitze waren. Ich wollte so allein sein wie möglich.

Als ich den Gang ein Stück hinuntergegangen war, fing mein Herz plötzlich an laut zu schlagen. Ein Kopf ein paar Reihen vor mir kam mir bekannt vor. Ich blieb so abrupt stehen, dass mir fast die Tüte Popcorn heruntergefallen wäre.

Mit einer Hand rieb ich mir erst ein Auge, dann das andere. Ich war sicher, Halluzinationen zu haben. Wie groß war die Wahrscheinlichkeit, dass Delia direkt vor meiner Nase saß – fast, als ob sie gewusst hätte, dass ich kommen und sie finden würde?

Ich schloss kurz die Augen, aber als ich sie wieder aufmachte, war sie immer noch da. Ich ging wieder los und hatte ganz stark das Gefühl, dass meine Geschichte, anders als die von Rick, glücklich enden würde.

Kapitel 19

Delia

Ingrid Bergman war noch nicht ein einziges Mal aufgetreten, und schon musste ich die Tränen zurückhalten. Sonst weinte ich immer erst, wenn Rick Sam aufforderte, »As Time Goes By« für Ilsa zu spielen. Und als ich wieder mal darüber nachdachte, wie stark sie war, beschloss ich, mich nicht wie ein kompletter Idiot aufzuführen. Ilsa hätte nie bei so einem Film geweint – sie hatte nicht einmal auf ihrem langen Weg durch den Krieg geweint.

Ich tupfte meine Augen mit dem Sweatshirt ab und setzte mich aufrechter in den Sessel. Ohne dass ich es wollte, wanderten meine Gedanken zu Cain. Aber nicht das Ende unserer Freundschaft ging mir im Kopf herum, sondern all die schöne Zeit, die wir miteinander gehabt hatten.

Ich lächelte bei der Erinnerung, wie wir mit einem Kanu auf dem See umgekippt waren. Und dann fiel mir ein, wie er einmal als Osterhase verkleidet bei mir aufgekreuzt war. Und beinahe musste ich laut lachen, als ich daran dachte, wie Cain auf einer Skireise mit der Klasse einen Berg hinuntergekollert kam. Nach seinem Sturz war er sofort wieder aufgestanden und hatte sich tief vor einer Gruppe total verblüffter Skifahrer verbeugt.

Und dann waren da noch unsere Küsse. Ich spürte seine

leidenschaftlichen Lippen auf meinen und wie seine Finger durch meine Haare fuhren. Und als wir auf dem Schulfest getanzt hatten, war das eine andere, nur unsere Welt gewesen. Seine Arme hatten mich ganz fest gehalten, und ich hatte vergessen, dass ich eigentlich James liebte.

Was für ein Witz, dachte ich. Ich hatte James nie geliebt. Ich war mir nicht mal sicher, ob ich ihn *gemocht* hatte. Ich hatte den Wunsch nach einem festen Freund mit Liebe verwechselt. Und jetzt kam mir der Gedanke lächerlich vor, dass ich mir wegen ihm und Tanya die Augen ausgeweint hatte.

Ich war so versunken in meine Erinnerungen an Cain, dass ich zuerst überhaupt nicht merkte, wie sich neben mir jemand bewegte. Niemand hatte in meiner Reihe gesessen, aber plötzlich spürte ich, dass sich jemand neben mich setzte. Mir sträubten sich die Nackenhaare, und ein Stromstoß ging durch meinen Körper. Noch bevor ich ihn ansah, wusste ich, dass es Cain war.

»Hat hier jemand Popcorn bestellt?«, flüsterte er mir ins Ohr.

Ich starrte ihn stumm an, und in meinem Kopf drehte sich alles. Es war fast so, als hätte ich ihn durch meine Gedanken hergeholt. Jetzt war er nicht mal ein paar Zentimeter weg, und sogar in der Dunkelheit konnte ich dieses Glimmen in seinen Augen sehen. Ich sah seine ungekämmten Haare und die Bartstoppeln. Und ich sah, dass er zwei ungleiche Schuhe anhatte. *Er sieht genauso schlimm aus wie du,* dachte ich, und mein Puls raste.

Ich konnte nichts sagen, aber ich nahm mir eine große

Hand voll Popcorn. Dann wandte ich mich wieder der Leinwand zu und hatte Angst, dass ich in Tränen ausbrechen würde. In mir tobte das Chaos, aber ich war glücklich, dass Cain da war. Mit ihm schien der Schmerz erträglicher. Für die nächsten anderthalb Stunden jedenfalls wären wir zusammen.

Eine halbe Ewigkeit saßen wir steif in unseren Sitzen und trauten uns nicht, den anderen anzugucken. Tage und Nächte vergingen in *Casablanca*, aber ich sah den Film wie durch einen Schleier. Cains Anwesenheit nahm mich völlig gefangen.

Wir haben uns nicht berührt, aber die Wärme, die von seinem Körper ausging, schien auf mich überzugehen. Einmal fassten wir beide gleichzeitig in die Tüte. Als unsere Hände sich berührten, rückten wir sofort voneinander ab, jeder so weit wie möglich in die andere Ecke seines Sitzes.

Aber bei der letzten Szene des Films pressten wir unsere Arme und Schultern doch zusammen, und ich konnte kaum noch atmen. Ich hatte noch nie so sehr die Anwesenheit eines anderen Menschen gespürt. Aber er war nicht einfach ein anderer Mensch. Er war Cain – mein bester Freund und meine einzige wirkliche Liebe.

Als ich Humphrey Bogart sagen hörte »Uns bleibt immer Paris«, schimmerten Tränen in meinen Augen, zum ersten Mal, seit Cain sich neben mich gesetzt hatte.

Plötzlich spürte ich seinen Atem an meiner Wange, und ich wandte ihm den Kopf zu. Jede Faser meines Körpers bebte und wartete darauf, dass etwas passierte.

»Uns bleibt immer«, flüsterte Cain mir ins Ohr. Ich hatte

gedacht, er würde den Satz mit »Paris« beenden, aber er tat es nicht. »Für immer«, fügte er hinzu.

Ich nahm seine Hand und drückte sie. Als ich mich zu ihm drehte, zog er sanft mit der anderen Hand meine Lippen nach. Wahrscheinlich konnte das ganze Kino mein Herz schlagen hören, aber es kümmerte mich nicht.

»Ich liebe dich«, flüsterte ich.

»Ich dich auch«, flüsterte er zurück.

Als der Abspann lief, küssten wir uns. Ich küsste ihn mit all der Sehnsucht der vergangenen Wochen, Monate, Jahre. Cains Küsse waren ebenso leidenschaftlich, und ich spürte, dass wir uns wirklich verstanden.

Unser Kuss wurde noch leidenschaftlicher, und ich vergaß völlig, wo wir waren. Nichts und niemand war jetzt noch wichtig. Die Welt bestand nur noch aus Cain und mir, aus mir und Cain.

Dann gingen plötzlich die Lichter an. Wir küssten uns immer noch. Erst als die Leute im Kino spontan Beifall klatschten und in Hochrufe ausbrachen, hörten wir auf. Wir sahen uns schuldbewusst an und lachten. Ein anerkennendes Pfeifen von jemandem, der den Gang hinunterging, brachte uns noch mehr zum Lachen. Aber unentwegt sahen wir uns dabei an. Wir verschmolzen völlig mit diesem Augenblick.

Nachdem alle gegangen waren, nahm Cain meine Hand und zog mich hoch. Wir gingen eng aneinander geschmiegt den Gang hoch und konnten kaum einen Schritt machen, ohne zu stolpern.

Als wir in die Eingangshalle kamen, stemmte die Kassiererin die Arme in die Hüften. »Ich hab's doch gewusst!«, sagte sie. »Irgendwas liegt heute in der Luft.«

Wir gingen auf die Straße hinaus und lachten und kicherten wie zwei Idioten. *Verliebte Idioten,* dachte ich glücklich.

Plötzlich blieb Cain stehen und umarmte mich. Ich umarmte ihn auch und drückte ihn so fest, wie ich konnte.

»Hey, Delia?«, sagte er.

»Was?« Ich strich ihm ein paar Strähnen aus dem Gesicht.

»Hast du schon eine Verabredung für den Winterball?«, fragte er. »Ich muss da so eine Wette gewinnen.«

Ich drückte ihn noch fester und küsste jeden Zentimeter seines Gesichts, den ich erreichen konnte. Dann lachte ich und boxte ihn leicht in den Arm. »Du meinst wohl eine Wette, die *ich* gewinnen muss«, sagte ich und sah ihn an.

Cains Augen wurden ernst, und er nahm meinen Kopf in die Hände. »Ich glaube, wir haben *beide* gewonnen«, murmelte er leise.

Dann küsste er mich wieder, und ich weiß nicht mehr genau, was als Nächstes passiert ist. Ich erinnere mich nur daran, dass die Nacht am Kamin endete. Aber den Rest könnt ihr euch wahrscheinlich denken …

Leseprobe

Auszug aus dem Ravensburger Taschenbuch 58309
»Liebe ist kein Spiel« von Elizabeth Craft

Ich wünschte mir schon zum zehnten Mal an diesem Morgen, ich könnte den Motor des großen, gelben Schulbusses mit irgendeinem Sprengkörper außer Gefecht setzen. Mit diesem Bus würde Josh nämlich in Kürze auf unabsehbare Zeit aus meinem Leben entschwinden (also, eigentlich aus dem Staat Maine und somit aus meiner unmittelbaren Umgebung). Falls der Motor jedoch nicht ansprang, würden mir weitere Minuten – Stunden – verbleiben, die ich in Joshs Armen verbringen konnte.

Unglücklicherweise bin ich jedoch eine gesetzestreue Bürgerin, die niemals einen ganzen Bus zerstören würde. In Anbetracht dessen kuschelte ich mich an Josh und schlang meine Arme um seinen Nacken, als ob ich mit reiner Willenskraft erreichen könnte, dass wir für immer vereint blieben.

»Dieser Sommer war der helle Wahnsinn«, sagte Josh. »Du bist ein außergewöhnliches Mädchen, Sara.«

»Danke«, krächzte ich und versenkte meinen Blick in seine tiefblauen Augen. Wie sollte ich ohne das Strahlen dieser Augen weiterleben? »Du bist auch was ganz Besonderes«, brachte ich flüsternd hervor.

»Oh Sara!« Joshs Arme umschlangen mich noch fester

und ich spürte, wie seine starken Hände über meinen Rücken strichen.

Ich wünschte beinahe, dass die Nacht zuvor nicht so wunderbar gewesen wäre. Josh und ich hatten uns wie üblich aus unserer Hütte geschlichen und waren über den Lake Vermilion zu unserer kleinen Lieblingsinsel gepaddelt. Josh hatte mich mit einem Mitternachtspicknick überrascht. Es gab Erdbeeren und prickelnden Cidre (ich weiß bis heute nicht, wo er den aufgetrieben hatte). Wir fütterten uns gegenseitig mit Erdbeeren und witzelten über die vielen Sternschnuppen, die über den samtenen Himmel flitzten. Hört sich das kitschig an? Zugegeben. Aber es war herrlich romantisch.

Josh und ich waren fast die ganze Nacht wach geblieben, hatten geschwatzt und gelacht. Und geknutscht. Und rumgeflüstert. Als wir schließlich zum Camp Quisiana zurückpaddelten, ging über den Kiefern bereits die Sonne auf. Noch nie hatte mich der Beginn eines neuen Tages so traurig gemacht.

Jetzt musste ich der Tatsache ins Auge sehen, dass Josh in wenigen Minuten in diesen schrecklichen gelben Bus steigen würde. Am Morgen waren Josh und ich und die anderen Jugendleiter zu einem Extra-Spezial-Frühstück im Speisesaal zusammengekommen. Es gab Pfannkuchen, Waffeln, Schinken und Würstchen. Wir hatten sogar die Tische nach draußen geschoben, sodass die Kinder in der Sonne frühstücken konnten. Die ganze Zeit über versuchte ich mir einzureden, dass dies eine ganz normale Mahlzeit war – aber jetzt konnte ich es nicht mehr länger verdrängen. Das war's dann. Wir mussten Abschied nehmen – zumindest für eine ganze Weile.

»Josh!« Ich presste mein Gesicht an seine Brust. Dabei war es mir vollkommen egal, dass Gunnie, die Leiterin des Ferienlagers, mich von ihrem Platz am Kopfende des Tisches aus streng musterte. Es gibt Zeiten, in denen man zurückhaltend sein sollte, und es gibt Zeiten, in denen man seine Gefühle einfach ausleben muss. Dieser Morgen – der letzte, den Josh und ich für lange Zeit miteinander verbringen sollten – fiel definitiv in die zweite Kategorie.

»Ganz ehrlich«, flüsterte Josh in meine Haare, »so jemanden wie dich findet man nicht so leicht. Du bist ein richtiger Hauptgewinn.«

Ich nickte stumm und sehnte mich danach, dass endlich jene drei magischen Worte über seine Lippen kommen würden. »Du auch, Josh … Ich liebe dich.« Oh nein. Waren diese Worte wirklich aus *meinem* Mund gekommen? *Ich liebe dich.* Tatsächlich. Ich hatte es gesagt!

Josh umfasste mein Kinn mit seiner Hand und hob mein Gesicht zu seinem. »Ich dich auch«, flüsterte er.

Ich lächelte. Okay, nun war es also nicht Josh gewesen, der diesen berühmten Satz als Erster gesagt hatte. Aber ich hatte genug Jugendmagazine gelesen und wusste, dass Jungs nicht gerade Meister im Beschwören ewiger Liebe sind. Ich musste diese Worte nicht unbedingt hören – allein das Wissen, dass Josh das Gleiche für mich empfand wie ich für ihn, erfüllte mich mit Wärme.

»Und wir werden uns bald wiedersehen«, sagte ich. »Vielleicht kann ich demnächst mal meinen Vater besuchen.« Mein Vater war gerade in eine kleine Stadt in Florida gezogen, die laut Josh nicht weit von der Stadt an der Küste lag, in der er zur High School gehen würde.

Der Bus hupte hinter uns. Mir wurde flau im Magen und ich warf einen Blick über meine Schulter. Der erste Bus an diesem Morgen war zur Abfahrt bereit. Die Teilnehmer und Jugendleiter brachen zu unterschiedlichen Zeiten auf, abhängig davon, wann ihre Flüge gingen. Ich würde erst am späten Nachmittag abfahren. Mom wollte kommen und mich nach Portland zurückbringen.

Der Busfahrer steckte seinen Kopf aus dem Fenster. Er sah griesgrämig aus – und ziemlich ungeduldig.

»Nun macht schon, ihr Turteltauben!«, schrie er. »Die Zeit bleibt nicht einfach stehen, nur weil ihr noch nicht fertig seid!«

»Ich komme sofort!«, schrie Josh zurück. Dann drehte er sich noch einmal zu mir um. »Sieht so aus, als hätten wir ein ziemlich großes Publikum.«

Ich blickte in die Runde. Josh hatte Recht. Dutzende von Augenpaaren starrten uns aus dem Bus heraus an, und weitere Campteilnehmer beobachteten uns von den Frühstückstischen aus. Ich spürte, wie mein Gesicht puterrot wurde.

»Ich muss los«, sagte Josh.

Ich nickte stumm und sah ihm nach, wie er auf den Bus zuging. Doch plötzlich schrie ich auf: »Josh! Warte!«

Er blieb stehen und drehte sich um. »Was ist los?«

»Unsere Adressen! Telefonnummern!« Mann, das war wieder mal absolut typisch für mich. Praktische Dinge zu bedenken gehört nicht unbedingt zu meinen Stärken. »Sonst wissen wir ja nicht einmal, wie wir einander erreichen können!«

Josh ließ seinen Rucksack zu Boden sinken und schlug sich mit der Faust vor die Stirn. »Wie konnten wir das vergessen?«, fragte er. Dann schüttelte er den Kopf. »Mach dir nichts draus – ich *weiß*, wie wir es vergessen konnten.«

Er musste diese Feststellung nicht näher ausführen. Mindestens hundertmal war ich kurz davor gewesen, Josh nach den Zahlen, Daten und Fakten seines Lebens zu fragen. Aber irgendwie war dann immer der nächste heiße Kuss viel wichtiger gewesen.

Jetzt zog Josh einen zerknitterten Notizblock und einen schwarzen Wäschestift aus dem Rucksack. »Okay, sag mir deine Adresse.«

»160 Little Hill Road«, begann ich. «Portland, Ma-«

»Wir fahren jetzt los, Nelson!«, rief einer der Jugendleiter aus dem Bus. »Und ich meine wirklich *jetzt*!«

»Mach schnell«, drängte Josh. »Sag mir den Rest!«

»Portland, Maine, 04101«, fuhr ich rasch fort. »Und die Telefonnummer ist 207-555-6215.«

Josh schloss den Stift und stopfte den Notizblock in die Gesäßtasche seiner verwaschenen Jeans. »Ich werde dich vermissen«, sagte er.

»Ich dich auch«, erwiderte ich und spürte einen dicken Kloß in meinem Hals.

Josh beugte sich vor, berührte mit seinen Lippen ganz sacht meine und drückte ein letztes Mal fest meine Hand. »Wir sehen uns bald wieder, da bin ich sicher.«

Dann drehte er sich um und stürzte auf den Bus zu. Der Busfahrer starrte uns durch die große, schmutzige Windschutzscheibe missmutig an. Joshs breite Schultern verschwanden im Bus. Ich verrenkte mir den Hals und konnte sehen, wie er sich eilig durch den schmalen Mittelgang nach hinten durchzwängte. Der Fahrer hupte zweimal und wendete dann den Bus. Erst als er am Ende der langen, staubigen Straße verschwunden war, realisierte ich, dass ich weder Joshs Adresse noch seine Telefonnummer kannte. Ich wusste lediglich, dass er in Florida lebte, in einer Stadt namens Mason's Cove. Oder war es in Mecca Beach? Nein, Moment mal. Die Stadt hieß Cove's Corner. Oder doch nicht? Oje.

Ich seufzte tief auf. Doch dann straffte ich meine Schultern. Josh würde mich sicher am Abend aus dem sonnigen Süden anrufen – oder allerspätestens morgen. Ich würde in aller Ruhe seine Adresse notieren ... und ihm dann den längsten, lustigsten, romantischsten Brief schreiben, den er je bekommen hatte. Danach konnte es wohl nur noch eine Frage der Zeit sein, bis wir konkrete Pläne für ein Wiedersehen schmieden würden.

12. August

Lieber Josh,

hi! Ich vermisse dich so sehr! So, das Wichtigste ist schon mal gesagt. Jetzt kann der Brief weitergehen mit ... ja, mit was eigentlich? Im Grunde weiß ich nicht genau, was ich dir

schreiben möchte. Ich kann es kaum erwarten, den ersten Brief von dir zu bekommen. Ich möchte so furchtbar gern meine Gedanken mit dir teilen, dass ich beschlossen habe, einfach damit anzufangen und dir Briefe zu schreiben, wann immer mir danach ist. Sobald ich deine Adresse habe, stopfe ich sie alle in einen Umschlag und schicke sie dir.

Der Sommer war wirklich super. Bevor ich dich kennen lernte, hätte ich niemals geglaubt, dass ich mich so heftig in einen Jungen verlieben könnte. Bisher bin ich höchstens mal einen Monat lang mit einem Typen ausgegangen und hab mir dann schon gewünscht, ihn so bald wie möglich wieder los zu sein. Aber mit dir … Ich weiß auch nicht. Ich habe das Gefühl, dass ich gar nicht genug über dich erfahren kann. Ich könnte mich stundenlang mit dir unterhalten, ohne dass mir auch nur eine Sekunde langweilig würde. Unglaublich, nicht wahr?

Hoppla, jetzt dreh ich wohl langsam ab, deshalb höre ich lieber auf zu schreiben. Vielleicht schicke ich den Brief ja auch gar nicht los. Das Einzige, was ich sicher weiß, ist, dass ich alles dafür geben würde, mit dir zu sprechen. Hast du womöglich meine Telefonnummer falsch aufgeschrieben?

In Liebe,
Sara

PS: Maine ist ohne dich nicht mehr wie früher.

»Mom, dies ist mein letztes Jahr an der High School!«, rief ich aus. »Du kannst doch nicht im Ernst von mir erwarten, dass ich eine Woche vor Halbjahresbeginn die Schule wechsle!«

»Ich habe das Angebot meines Lebens bekommen. Ich kann nicht einfach Nein sagen!« Meine Mutter seufzte leicht, rutschte auf dem Sofa nach vorn und tätschelte mein Knie. »Tut mir Leid, dass es so überraschend kommt, aber die Leute an der Universität wussten bis vor zwei Tagen nicht, ob für meine Forschung ausreichend Gelder bewilligt werden würden.«

Ich lag seit einer Stunde schmollend auf der durchgesessenen grünen Couch, die eine Wand unseres Wohnzimmers einnahm. Tag um Tag war vergangen, ohne dass ein Brief von Josh gekommen war, und ich musste feststellen, dass meine Stimmung langsam auf den Nullpunkt gesunken war.

Okay, seit dem Ferienlager waren erst anderthalb Wochen vergangen. Aber irgendwie hatte ich erwartet, dass Josh mir schreiben würde, sobald er zu Hause angekommen war. Ich wusste, dass die Post manchmal lange unterwegs sein konnte oder dass Joshs Brief irgendwo verloren gegangen sein konnte. Dennoch war es die reine Folter, auf Nachricht von ihm zu warten.

Die Tatsache, dass Josh mich bisher nicht angerufen hatte, musste bedeuten, dass er sich bei unserem hastigen Abschied meine Nummer falsch notiert hatte. Und da meine Mom einen anderen Nachnamen trug als ich, konnte er die Nummer auch nicht über die Auskunft rausbekommen.

Natürlich war ich sicher, dass Josh genau in diesem Moment Gunnie kontaktierte, um meine Adresse von ihr zu erfahren. Auf jeden Fall wusste ich, dass zumindest *ich* sie noch anrufen würde. Denn weil ich mich nicht an den Namen der Stadt erinnern konnte, in der Josh lebte, war es mir unmöglich, seine Nummer über die Auskunft zu bekommen. (Merke: Wenn dir die Liebe deines Lebens das nächste Mal sagt, wo sie wohnt – aufpassen!)

Als ich Joshs E-Mail-Adresse im Internet fand, war ich kurzfristig echt begeistert. Doch nachdem ich ihm etliche Nachrichten geschickt hatte, ohne eine Antwort zu erhalten, musste ich einsehen, dass ich wohl den falschen Josh Nelson erwischt hatte. So viel zu meinem Glück.

Vor ungefähr zehn Minuten war mir allerdings klar geworden, dass unerwiderte Mails nicht mein einziges Problem waren. Es gab einen triftigen Grund dafür, dass ich mächtig Trübsal blies.

Japan. Meine Mutter war im Begriff, nach Japan zu gehen. Und sie erwartete von mir, dass ich mein gesamtes Leben aufgab – einschließlich der tausend Aktivitäten, die ich mir für mein superwichtiges letztes Jahr an der High School vorgenommen hatte – und irgendwo in der Fremde neu begann. Ganz zu schweigen von der Tatsache, dass ich dann unendlich weit von Josh entfernt sein würde.

Ich legte einen Arm über meine Augen und seufzte so laut, dass mein brauner Labrador Georgie über den Holzfußboden zu mir herübergetrottet kam und seinen Kopf auf meinen Bauch sinken ließ. »Na dann tu dir keinen Zwang an, mach ruhig mein Leben kaputt«, sagte ich märtyrerhaft zu meiner Mutter. »Ist ja nicht wichtig. Nur irgendein unbedeutendes Leben unter Milliarden.«

»Sara ...« Sie hörte sich müde an. Ich kannte diesen Ton – er sollte mir das Gefühl vermitteln, ich sei die schlechteste und undankbarste Tochter der Welt. Meine Mutter hatte es geschafft – wie immer. Ich fühlte mich richtig mies.

Okay, meine Mutter hatte sich lange auf diesen Moment vorbereitet. Während der letzten drei Jahre hatte sie sich nahezu jede Nacht in der Bibliothek von Portland durch riesige Wälzer über die Geschichte Japans gequält – Forschungen für ihre Doktorarbeit. Doch wie sie mir bei unzähligen Gelegenheiten klarzumachen versuchte, waren die Forschungsmöglichkeiten in Maine ziemlich eingeschränkt. Mom benötigte unbedingt Zugang zu erheblich mehr Material, wenn sie ihre Dissertation – die sie mittlerweile spöttisch ›Das Monster‹ nannte – zu Ende bringen wollte.

Und nun bot ihr die Universität von Maine ein Vollstipendium an, mit dem sie für ein Jahr an der Universität von Tokio studieren konnte. Und dennoch – schließlich war da auch noch *mein* Leben! Ich hatte auch Pläne, große sogar. Und *keiner* davon beinhaltete einen Umzug nach Tokio.

»Ich weiß, ich weiß«, sagte ich, »du hast dir das echt verdient. Jetzt zahlen sich all die Opfer, all die Zeit und alle Migräneattacken endlich aus. Und du kannst diese Chance einfach nicht ungenutzt verstreichen lassen.«

»Ganz genau.« Mom hörte sich glücklich an. Glücklich und aufgeregt. »In diesem Jahr wird der Traum meines Lebens Wirklichkeit.«

Ja, für dich, dachte ich. Mein Schicksal schien beschlossen. Mein Abschlussjahr an der Thomas Jefferson High School und all meine Hoffnungen, die Beziehung zu Josh fortzusetzen, waren gerade durch das Fenster davongeflogen – den ganzen weiten Weg bis Japan.

Schlimmer konnte der Tag nicht mehr werden. Zuvor hatte ich feststellen müssen, dass es eine *glänzende* Idee gewesen war, sich Sandy vom Ambience Salon als Gegenleistung für eine kostenlose Haarwäsche und einen kostenlosen Schnitt freiwillig als Haarmodel zur Verfügung zu stellen. Diese Aktion hatte mir die schrecklichste Frisur meines Lebens eingebracht (und das will etwas heißen). Und natürlich konnte ich darüber hinaus nicht verdrängen, dass mittlerweile der zehnte Tag ohne Nachricht von Josh angebrochen war. So viel zu den großartigen, dahinschwindenden Tagen des Sommers. Das Leben war ein riesiges, schwarzes Loch.

Inzwischen hatte meine Mutter ihr *Ich-weiß-dass-es-schwer-ist-ein-Kind-zu-sein-aber-das-ist-eben-Pech-Gesicht* aufgesetzt.

»Ich ziehe zu den Golds«, sagte ich plötzlich. »Ich kann bei Maggie auf dem Boden schlafen.« Das wäre gar nicht mal so schlecht. Eine neun Monate dauernde Übernachtungsparty bei meiner besten Freundin war mit Sicherheit lustig. Es war ausgeschlossen, dass ich im Augenblick mit nach Japan ging. Einfach ausgeschlossen.

»Kommt nicht in Frage«, widersprach meine Mutter entschieden. »Du und Maggie Tag und Nacht zusammen – da sind Chaos und Ärger regelrecht vorprogrammiert.«

»Ach was, Mom. Das sind doch alte Geschichten.« Offenbar würde sie *nie* vergessen, wie Maggie und ich einmal mit Rasierschaum ein gigantisches Peace-Zeichen auf das Footballfeld gesprüht hatten. Oder jenen Abend, an dem wir uns Mr Golds Auto ausliehen – wohlgemerkt: *ausliehen* – um nach New York zu einem *Hole*-Konzert zu fahren.

Mutter schüttelte den Kopf. »Ich habe bereits mit deinem Dad gesprochen. Du wirst für das Jahr bei ihm in Florida leben.« Nach einer kurzen Pause fügte sie hinzu: »Und damit basta.«

»Florida!«, kreischte ich. »Florida!« *Florida, Florida, Florida. Josh. Florida.* Während das Wort immer und immer wieder durch meinen Kopf tobte, hatte ich das Gefühl, er müsse explodieren.

Zugegeben, Florida lag zuerst einmal tausende von Meilen entfernt von meinem Zuhause, meinen Freunden, meiner Schule. Aber Florida war die Heimat von Josh Nelson. – Im Geiste ging ich etliche Möglichkeiten durch. Es war, als würde sich vor meinen Augen die kitschige Verfilmung eines Romans von Danielle Steel abspielen. Ich lächelte. Dieser Tag wurde plötzlich schön. Georgie lag neben mir und begann zu bellen. Ich nehme an, sie registrierte, wie meine Stimmung umschlug.

»Was hast du geglaubt, wohin ich dich schicke?«, fragte Mom. »Nach Algerien?«

»Natürlich nicht.« Mein Herz schlug so schnell, dass es mir vorkam, als befände ich mich mitten in einem Hundeschlittenrennen durch Alaska. Mom hatte keine Ahnung, dass sie mir gerade das größte Geschenk meines Lebens in den Schoß gelegt hatte. Und ich würde mich hüten, es ihr zu sagen – Eltern haben die Angewohnheit, Luftschlösser zerplatzen zu lassen. Vor allem Luftschlösser, die einen Meter neunzig groß, blond, blauäugig und männlich waren. »Ich habe nur nicht damit gerechnet, dass du mich nach Florida schickst … das ist alles.«

»Dein Dad hat dort mittlerweile doch Wurzeln geschlagen. Ich könnte mir vorstellen, dass diese gemeinsame Zeit für euch beide ganz toll wird.« Mom warf ihre halblangen, dunklen Haare über die Schulter und sah wehmütig in die Ferne – wie immer, wenn die Sprache auf meinen gutmütigen, aber exzentrischen Vater kam.

Die meisten Menschen haben eine ganz genaue Vorstellung von einem typischen Vater: ein grauhaariger Mann, der abends um halb sechs nach Hause kommt, die Aktentasche in der einen Hand und Blumen für seine Frau in der anderen. Okay, mag sein, dass Väter in Wirklichkeit nicht so sind. Aber zumindest erwartet man von Vätern, dass sie einen festen Wohnsitz und einen Job haben und ihre Kinder mit zu Baseball-Spielen nehmen.

Mein Vater ist Bildhauer. Und bis vor kurzem glaubte er

noch, dass ein Winnebago-Wohnmobil mit dem Kennzeichen LPJ8683 als fester Wohnsitz durchgehen müsse. Normalerweise kam er drei- bis viermal im Jahr in Portland vorbei und parkte seinen Winnie auf der Straße vor unserem Haus. Er hing dann für ein paar Wochen bei uns herum, unterrichtete einige Kunstklassen, verkaufte einige Töpferarbeiten und machte sich dann wieder Richtung Landstraße davon. Er hatte in allen erdenklichen Staaten für eine Weile gelebt und das Haus in Florida gerade erst diesen Sommer gekauft. Für ihn war es ein großer Schritt gewesen, sich fest an einem Ort niederzulassen.

»Vielleicht hast du Recht«, sagte ich zu Mom. »Dad und ich hatten nie Gelegenheit, einander wirklich kennen zu lernen.« Ich wusste, dass meine Mutter viel für das Thema Vater-Tochter-Beziehung übrig hatte. »Außerdem werde ich dann sehen, wie ernst es ihm mit *Ich-lasse-mich-nieder-und-werde-endlich-erwachsen* ist.«

Mom grinste. »Dann ist es also abgemacht. Genau heute in einer Woche beginnt für uns beide ein neues Leben.« Plötzlich zog ein Schatten über ihr Gesicht. »Es gibt nur noch ein Problem.«

Oha. »Welches denn?«, fragte ich atemlos.

»Ich werde dich ganz schrecklich vermissen.« Mom streckte ihre Arme nach mir aus.

»Ich werde dich auch vermissen«, antwortete ich und stürzte mich hinein.

Das stimmte. Aber der Umstand, dass ich meine Mutter vermissen würde, erschien mir relativ unwichtig in Anbetracht der Möglichkeit, wieder mit meiner großen Liebe vereint zu sein. Im Moment wollte ich nur eines, nach Florida fahren und Josh finden.

Eine Woche noch. *Halte noch eine Woche aus, Josh. Ich werde dich finden … und dann können wir für immer zusammenbleiben.*